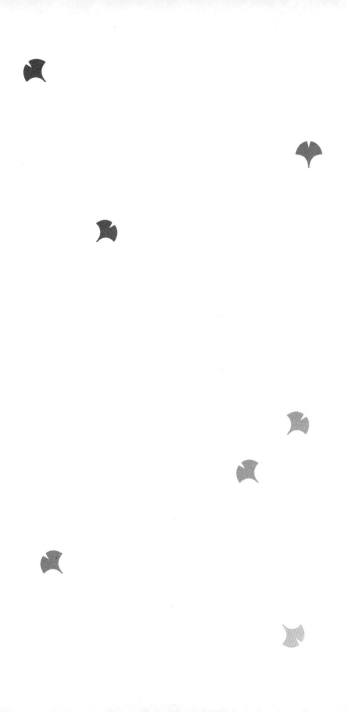

소설 보다: 가을 2022

펴낸날 2022년 9월 16일

지은이 김기태 위수정 이서수
펴낸이 이광호
주간 이근혜
편집 방원경 김필균 이주이 허단 윤소진 유하은
펴낸곳 ㈜문학과지성사
등록번호 제1993-000098호
주소 04034 서울 마포구 잔다리로7길 18(서교동 377-20)
전화 02) 338-7224
팩스 02) 323-4180(편집) / 02) 338-7221(영업)
전자우편 moonji@moonji.com
홈페이지 www.moonji.com

ISBN 978-89-320-4048-6 03810

소설 보다

가을

전조등 | 김기태
오후만 있던 일요일 | 위수정
발 없는 새 떨어뜨리기 | 이서수

2022

차례

전조등

김기태

2022년 『동아일보』 신춘문예를 통해 작품 활동을 시작했다.

한낮의 아스팔트 위에 죽은 것이 있었다.

검붉은 피가 엉겨 붙은 잿빛 털 뭉치. 얼마 전까지 작은 동물이었던 것의 잔해. 자세히 보기는 꺼림칙했다. 일곱 살의 그는 고개를 돌렸다. 다만 작고 둥근 흙무덤을 잠시 상상했다. 만화에서는 그런 무덤 앞에 나뭇가지 두 개를 엮은 십자가가 으레 꽂혀 있었다. 곧 그는 더러운 것을 함부로 만지면 안 된다는 부모의 말을 떠올렸다. 횡단보도 앞에서 좌우를 살폈다. 약국과 복권 가게 사이로 난 동네 차도는 한산했다. 신호등도 없는 곳이었다.

그즈음 이미 그는 주의해야 할 일들이 적힌 긴 목록을 갖고 있었다. 횡단보도로만 길을 건널 것. 모르는 사람을 따라가지 말 것. 수도꼭지를 끝까지 잠글 것. 친구네 집에 들어갈 때는 신발을 가지런히 둘 것. 저녁을 먹고 가라고 해도 사양하고 돌아올 것…… 차에 치이고 병에 걸리고 물건을 잃어버리거나 남들에게 흉을 잡힐 만한 일은 어디에나 있었다. 군청 공무원인 아버지와 농협 창구원인 어머니는 많은 것을 가르쳤다. 대개 무언가를 이루기보다는 당하지 않기 위한 지혜였다. 끊어진 다리나 무너진 백화점, 빚더미에 오른 나라에 대한 뉴스를 볼 때면 부모는 밥상을 사이에 두고 말했다.

"우리는 이렇게 잘 살고 있으니 얼마나 다행이니?"

4남매 중 막내인 그는 부모의 말을 잘 들었다. 이웃들이 그를 두고 “이 집 막내는 어쩜 이리 의젓해요”라고 너스레를 떨면 부모는 “얘가 막내다운 맛이 없답니다”라고 응대했다. 열네 살 생일 밤, 반양옥 단독주택 거실은 여섯 가족이 앉아 있기에 조금 좁았다. 그는 부모와 두 누나 그리고 형의 다른 듯 닮은 얼굴을 보았다. 문득 부모가 왜 아이를 넷이나 낳았는지 궁금해졌다. 아버지가 답했다.

“사실 너는 계획에 없었다. 껄껄.”

그는 학교에서 ‘공부 안 하면 나중에……’로 시작하는 훈화를 새겨들었다. 수업 시간에 졸지 않았고 야간 자율학습에 빠지지 않았다. 진로를 고민하다 당시 부상하던 통계학과에 지원하기로 했다. 전공 소개 책자에 어떤 분야든 통계는 필요하다고 써 있었다. 문학 교사였던 담임은 그의 성적표를 넘겨 보며 말했다.

“좋은 계획이야. 수학도 잘하고. 아주 어울려.”

그는 서울에 있는 대학에 합격했다. 입시 설명회에서 흔히 ‘중상위권’으로 분류되는 곳이었고, 친척들은 그에게 “열심히 했구나”라고 말했다. 사실 숫자를 따져보자면 넉넉잡아 상위 7퍼센트 이내의 수험생만 진학하는 학교였다. ‘열심히’보다는 나은 평가를 받을 만한 것도 같았으나 어쨌든 알 만한 대학에 진학했다는 안도감이 더 컸다.

스무 살 새내기. 그는 얼마간의 설렘과 잉여 시간을

연극부에 투자하기로 했다. 의외라는 동기들의 반응에 그는 네모나지도 둥글지도 않은 안경을 추켜올리며 답했다.

"뭔가 다른 게 되어볼 수 있잖아."

사실 그들이 아는 스무 살들은 모두 연극이나 밴드, 학보사나 국토 대장정 같은 것을 하고 있었으므로 화제는 빠르게 전환되었다. 대학생의 연애담을 그린 첫번째 무대에서 그는 주인공의 후배 3인방 중 한 명을 연기했다. 그의 안경을 그대로 쓴 채였다. "저희가 도울게요" 같은 대사가 세 줄 정도 있었다. 뒤풀이에 가기 전, 그는 어둑한 무대에서 혼자 쓰레기를 줍는 척하며 잠시 서성거렸다. 주인공 역을 맡았던 선배는 그날 밤 노래방에서 「연극이 끝난 후」라는 곡을 예약했다. 경제학을 전공하는 회장이 익살스럽게 말했다.

"이 노래는 공공재니까 독점 금지다."

그는 처음 듣는 노래였는데 모두가 곧잘 따라 불렀다. 그는 무언가를 가져보기 전에 도둑맞는 게 가능한지 생각했다. 이후 무대에서 주인공의 후배 역할을 한 번 더 했고 나중에는 주인공의 선배 역할을 하게 되었다.

그는 무대 위보다 무대 뒤에서 많은 일을 했다. 제대로 접착되지 않은 소품이나 들쭉날쭉한 볼륨의 효과음, 화장실에 가려는 관객이 길을 잃을 위험 등을 발견하고 보완했다. 그가 연극부에 필요한 인물임을 모두가 인정했다.

그 역시 그런 역할에 점차 만족감을 느꼈다. 말년 휴가를 나와 앵두 전구 6백 개를 점검하던 그를 보고, 두 살 아래의 후배가 호감을 품은 일이 결정적이었다. 때늦은 첫 연애는 그렇게 시작됐다. 애인의 부모는 밤 9시가 되면 어디냐고 딸에게 전화를 걸었다. 그는 애인이 부모와 싸우는 것을 원치 않았으므로 늘 서둘러서 그녀를 집에 바래다주었다. 어느 날 그녀는 유난히 느릿느릿 걷다가 집 앞에서 이렇게 비죽거렸다.

"내가 오빠를 좋아하긴 하는데, 너는 진짜 너무 너다."

그는 어리둥절했지만 어쨌든 애인을 실망시키고 싶진 않았다. 3년간 이어진 연애에서 그는 좋은 남자친구의 역할이란 어떤 것인지 꽤 배웠다. 강의실과 자격증 학원, 취업 스터디를 오가는 동안 그에게 호감을 표하는 여자애가 두셋 생겼으나 그는 도의를 지켰다. 훗날 그는 첫 애인이랑 왜 헤어졌는지 돌이켜봤으나 뾰족한 이유는 없었고, '어떤 이십대적인 이유로 싸우다가'라고 결론 내렸다.

면접관들은 그의 우수한 학점과 빈틈없는 스펙을 높이 평가했다. 자기소개서에 풀어낸 연극부 경험은 적극성과 도전 정신으로 해석되었다. 인적성 시험 성적도 준수하였으며 특히 도표 해석과 논리 판단 영역이 뛰어났다. 신중한 성정이 깃든 무색무취의 생김새까지 인재상에 부합했으므로 그는 몇 군데의 대기업에서 합격 통지를 받았다.

고용 안정성과 기대 연봉을 고려해 완성차 제조업을 기반으로 하는 재벌 그룹에 입사했다. 취업난 속에서 세계적으로도 이름 있는 대기업에 취직했다는 것은 동기와 선후배들 사이에서 흔한 일이 아니었다.

첫 출근을 할 때 그는 회사의 플래그십 스포츠 세단처럼 경쾌했다. 경제 1번지라는 어느 빌딩 숲에 자신의 자리가 있다는 것은 만족스러운 일이었다. 첫 월급으로 부모님께 안마 의자를 사드렸다. 남은 돈으로 충치부터 암까지, 교통사고부터 민형사상 소송까지 대비할 수 있는 네 가지의 보험에 가입했다. 주택 청약과 연금 저축 상품에 납입을 시작했고 월 급여의 2퍼센트는 기아와 난민 문제에 대응하는 국제기구에 기부하기로 했다. 1년 뒤 8백 퍼센트의 상여금을 받았을 때 그 스포츠 세단을 구입했다. 직원 할인은 유용했고 잔금은 12개월 할부로 충분했다.

할부 기간이 끝날 무렵, 회사는 업무 혁신의 일환으로 파티션을 모두 철거했다. 구성원 간의 소통을 촉진한다는 명분이었다. 동료들은 프라이버시가 너무 없다며 메신저로 인적자원팀을 욕했다. 그는 근무 시간에 늘 자리를 지키는 편이었으므로 쉽게 적응했다. 다만 17층 마케팅 3실에서 각자의 모니터를 보고 있는 30명의 존재를 매일 지나치게 실감했다.

그의 모니터에는 소비자들의 연령대와 직업, 차량 구매 시기, 결혼 여부, 자녀 유무, 통근 거리, 주말 여가를 즐기는 방식, 옵션 선호도 따위가 숫자로 떠돌고 있었다. "중세의 예술가들은 조각을 대리석 안에 감춰진 신의 형상을 꺼내는 일이라고 여겼죠. 통계학이란 마찬가지로 숫자 안에 숨은 메시지를 꺼내는 일이랍니다"라는 옛 교수의 말은 멋있었지만 사실이 아니었다. 메시지는 숫자 안에 숨은 것이 아니라 그가 참석하지 못하는 회의실에서 만들어지는 것이었다. 결론이 정해지면 그것에 봉사하도록 숫자를 가공하는 일이 그의 몫이었다. 그는 그 일을 아주 잘했다. 신입사원다운 아이디어는 직무 연수 시절에 작성한 의욕적인 보고서로 증명한 바가 있었기 때문에 중요하지 않았다. 상사와 동료들은 그가 내어놓는 숫자에 만족했다. 그런 만족은 성과지표 점수와 그에 기반해 산정된 성과급 등 또 다른 숫자로 돌아왔다. 오랜만에 만난 친구들은 어떻게 사느냐는 물음에 "일하고 돈 벌지"라고 대답했다. 그래. 나도 그렇지. 그러다 무리 중 누군가가 말했다.

"연애라도 해야 하는 거 아닐까?"

회사에서는 업무적인 유능함이 인간적인 호감으로 전이되기 쉬웠다. 게다가 그는 야심도 불만도 입 밖으로 내는 일이 없었다. 많은 동료가 그에게 누군가를 소개하고 싶어 했다. 그는 주선자에게 상대의 외모나 신상을 함부로 묻지 않았고 겸손한 마음으로 호의를 받아들였다. 빼어난 외모는 아니었으나 성실히 쌓은 취향과 매너는 도움이 되었다. 그는 몸에 잘 맞는 단정한 옷을 입었고 머리카락과 수염, 손톱을 깨끗하게 정리했다. 재킷 안주머니에는 다림질을 해 반듯하게 접은 손수건을 넣고 다녔다. 안경은 여전히 네모나지도 둥글지도 않은 모양이었으나 대학 때와는 달리 유서 깊은 브랜드의 스테디셀러 제품이었다. 그는 식사와 디저트를 골자로 하며 짧은 산책이나 드라이브가 추가될 수도 있는 두세 가지의 계획을 준비했다. 상대의 이야기를 착실히 듣고 적절한 때에 호응하였으며 필요하다면 화제를 이끌었다.

그는 소개받은 상대를 처음 만날 때, 전에 다른 상대와 갔던 가게에서는 약속을 잡지 않았다. 매번 새로운 장소를 찾는 데에 꽤 품을 들였다. 손을 써야 하는 음식이 아닐 것. 옆 테이블과 충분한 거리가 확보되어 있을 것. 너무 적막하지도 너무 시끄럽지도 않을 것. 성의를 드러낼 순 있지만 상대가 부담을 가지진 않을 만한 가격일 것. 그러면서 프랜차이즈가 아닐 것. 이런 장소를 그때그때 새로 찾는 것은 쉽지 않았다. 하지만 처음 만나는 곳은…… 조금 특별해야 하지 않을까. 어떻게 한 장소에서 여러 명을 만나면서 그 만남이 특별할 거라고 기대한담. 그는 그 막연한 감각을 일종의 도덕이라고 규정했다.

그렇게 4, 5년이 지나는 동안 그는 네 명의 애인과 각각 길지도 짧지도 않은 시간을 보냈다. 단독주택을 개조한 프렌치 비스트로, 식민지 시대부터 영업했다는 경양 식당, 비건 요리를 제공하는 도심지의 사찰은 갈 수 없는 곳이 되었다. 결국 모두가 헤어질 이유는 많고 계속 만나야 할 이유는 적었다. 국립박물관 3층의 카페테리아를 한동안 그리워하면서 그는 유능한 대리가 되어 후배에게 업무를 물려줬고 선배에게 업무를 물려받았다. 점심으로 제육볶음을 먹으며 공모주 청약과 암호 화폐 시황, 최신형 휴대전화와 이국의 여행지, 1층 리셉션 직원의 헤어스타일에 관한 대화를 들었고 드물게 와이셔츠 앞자락에 국물을 흘렸다. 월에 한두 번씩 클럽에서 대마초를 피운다는 동기의 부주의함과, 동남아 골프는 밤이 진짜라는 상사의 부도덕함을 속으로 탓했다. 한동안은 샐러드나 통밀빵 샌드위치만 먹다가 화풀이처럼 알탕이나 등갈비를 먹었다. 물만 부으면 여덟 가지 필수 영양소를 섭취할 수 있다는 셰이크를 마시면 점심시간이 길었다. 구청 주최의 동호인 수영대회에서 동메달을 땄고 목공방에서 만든 스툴을 식탁 한편에 갖다놓았다. 비정기적으로 새로운 가게에서 낯선 상대와 익숙한 대화를 나눴다. “대학 연극부에서 대학생 역할 전문이었죠. 안경도 벗은 적 없어요”라는 농담은 여전히 60퍼센트 정도의 확률로 먹혔지만 그 자신이 질렸다.

나중에는 처음 만나는 상대와 고속도로 휴게소에서 가락국수를 먹거나 수산시장에서 도다리회를 먹기도 했다. 후자와는 소주를 두 병 마셨고, 마시는 동안은 제법 괜찮은 시도인 것도 같았으나 다음 날 돌아보니 아니었다.

서른셋의 그는 잠들기 전 자주 뒤척였다. 드레스룸이 딸린 넓고 세련된 오피스텔이었지만 자정의 적요 속에서 감각할 수 있는 건 한 칸의 침대뿐이었다. 당신은 침대를 떠났다가 침대로 돌아옵니다. 그래도 아무거나 쓰시겠습니까. 그런 침대 광고를 떠올렸다. 누운 채로 지인들의 메신저 프로필 사진을 훑어보고 뜻 없이 포털의 스크롤을 내렸다. 내일의 날씨는 맑을 예정. 러시아 병력은 수상한 움직임. 케이팝 걸그룹은 빌보드를 정복. 비타민D는 지용성이었다. 조회수가 높은 글을 열어 천천히 읽었다. 나다움을 찾아 퇴사하고 여행을 떠났습니다. 나다움을 유지하는 다섯 가지 습관을 알아볼까요. 나답게 살기 위해 비혼을 선택했어요. 그는 "나다운 게 뭔데! 나다운 게 뭐냐고!"라고 소리 내보고 큭큭 웃었다. 그것 또한 언젠가 본 드라마 주인공을 흉내 낸 것이었으므로 그는 다시 큭큭 웃었다. 그리고 자기다운 게 뭔지 생각하다 자기답게 사는 게 지겨워졌다.

그는 자신이 앞으로 무엇이 될 수 있을지 떠올려보려고 했다. 장래 희망이라는 말은 조금 우스웠다.

"아니 결혼을 왜 아직 안 했어?"라고 새로 부임한 부장이 그에게 물었다. 삼겹살을 불판에 올려놓기도 전이었다. 그는 이번엔 이렇게 대답해보기로 했다.

"그러게 말입니다."

삼겹살이 다 익을 때까지 들은 이야기를 종합하자면 결혼이란 적령기에 옆에 있던 사람과 하는 것이며, 돈을 모으려면 꼭 해야 하지만 돈을 모아야만 할 수 있는 것이기도 하고, 죽음만큼이나 미룰수록 좋지만 사람 구실을 하려면 하긴 해야 하며, 요새 젊은 친구들은 책임감이 없어서 어려운 일이지만 "시발 그냥 하지 말라면 하지 마"라며 분노할 수도 있는 일이었다. 그는 삼겹살을 소금과 쌈장에 번갈아 찍었고 비타민A와 루테인 섭취를 위해 상추쌈도 꼭꼭 씹어 먹었다. 옥신각신하던 유부남들은 전화를 받다가 하나둘 집에 들어갔고 그도 덩달아 귀가했다. 그는 그들이 말하는 어떤 결혼에도 동의하지 않았으나 그렇다고 자신이 원하는 것을 다른 이름으로 부르기도 어려웠다.

사람들이 이상형을 물으면 언젠가부터 그는 짧게 대답했다.

"예쁘고 착하고 똑똑하고 재밌고 저를 사랑하는 사람이죠."

그는 최대한 농담처럼 발음하려고 노력했다. 그럼 사

람들은 "미쳤네 미쳤어"라고 말했고 그중 일부는 진담으로 들렸다. 하지만 그것을 이상형이라고 부르는 한 더 나은 요약은 없었다. 길게 대답하는 방법이 있었지만 그걸 전부 듣기에 사람들의 인내심이 충분하지 않아 보였다. 그 자신조차 설명이 얼마나 길어질지, 무엇이 핵심적이며 무엇이 부차적인지 자신할 수 없었다. '이상'이라는 단어는 너무 많은 것을 지시해서 거꾸로 아무것도 의미하지 못하는 듯도 했다. 어느 날 그는 노란색 메모 패드에 열두 문장을 정리할 수 있었다. 맨 윗줄에는 이렇게 적혀 있었다.

생물학적 여성이면서 스스로를 여성으로 규정하는 이성애자 사람.

너무 멀리서 시작한 것도 같았지만, 모호했던 무언가가 첫 문장을 쓰는 순간 약간은 선명해진 듯해서 제법 유쾌했다. 그는 두번째 문장을 썼다.

나와 모국어가 같은 사람.

그는 경험적 지식을 바탕으로 아직 도착하지 않은 존재를 추정해야 했다. 그건 천체물리학자나 발명가와 같은 일이었다. 직업이라거나 재산, 가정환경 같은 조건을 나열하지는 않았다. 그는 한 인간의 본질을 예고하는 구체적인 징후들은 따로 있으며, 정신을 차리고 눈을 똑바로 뜨면 그것들을 포착할 수 있다고 믿었다. 다른 이들은 고개를 갸웃할 만한 것도 있었는데, 예를 들어 열두번째 문장은 다음과 같았다.

흰 바지를 입지 않는 사람.

그 사람을 상상하는 것과 찾아내는 것은 별개의 문제였다. 사람들이 만나고 헤어지는 모든 풍습이 그에게 도움이 되었다. 그는 신중하고도 효율적인 방식으로 그녀들에게 접근했고 환심을 샀다. 관건은 적절한 때에 적절한 말과 행동을 보여주는 것이고, 그에게는 꽤 많은 경험이 누적되어 있었다. 그는 이제 그 '적절함' 안에는 '적절한 정도의 의외성', 즉 이유 없는 작은 선물이나 늦은 밤의 괜한 연락, 심지어는 의도적인 무관심도 포함된다는 것을 충분히 고려할 수 있었다.

때로는 자신이 지나치게 신중한 것은 아닌지 의심했다. 그럼에도 종업원을 무례하게 대하거나 신용카드 리볼빙 서비스를 애용하는 사람과 결혼할 순 없었다. "너무 따지면 결혼 못 한다"라고 조언인지 비아냥인지 모를 말을 하는 친척도 있었다. 그 말은 가성비를 따지라는 말처럼 들렸다. 하지만 전자제품을 고르는 일이 아니라 사람을 만나는 일이었으므로 '이 정도면 괜찮은……' 따위의 판단에 기댈 수는 없었다. 서른네번째 생일을 앞두고는 결혼정보회사의 상담을 받았다. 가입 신청서를 읽다가 그녀가 그런 통속적 지표의 알고리즘으로 나타날 리 없을 것 같아서 돌아 나왔다. 그날 밤 침대에서 '반려동물을 입양한다면 고양이보다는 개가 좋을 것'이라고 생각하다 그 개가 고독사한 자신을 뜯어 먹을 확률을 계산해봤다. 그로부터 두 달 후에 그녀를 만났다.

그는 지인의 동생의 지인의 전화번호를 받았고 간결한 메시지로 시간과 장소를 정했다. 연말로 접어들 때라 예약은 쉽지 않았고 썩 내키지 않는 이탈리안 레스토랑을 택했다. 그는 테이블 위의 조화 장식이 탐탁지 않았으나 그녀는 명란과 시금치를 얹은 가지 요리가 맛있다고 말했다. 근처에 괜찮은 펍이 있다고 그녀가 제안했을 때 그는 차를 가져오지 않은 척하기로 했다. 펍은 사람들로 홍성거렸고, 높고 불편한 창가 좌석만 남아 있었다. 나란히 앉아서 시나몬을 토핑한 흑맥주를 마셨는데 어떤 단어들은 잘 들리지 않았다. 그가 흑맥주를 한 잔 더 권한 것은 그녀가 이렇게 말한 다음이었다.

"쉬는 날에는 ……도 하고요, 요즘은 직장인 극단에 나가고 있어요."

그녀는 흑맥주를 마셨으니 두번째로는 맑은 맥주를 주문하겠다고 했다. 다트 기계에서 장난스러운 멜로디가 흘러나왔다. 창밖으로 때 이른 산타클로스가 리어카를 끌고 지나갔다.

그는 사흘이 지나기 전에 그녀에게 다시 연락했고 다섯번째 만났을 때에는 교제를 제안했다. 계절이 바뀌는 동안 그는 그녀가 약속 시간을 잘 지키는 사람이라는 것을 알았다. 그녀는 음식을 먹을 때에는 머리를 묶었으며 행상 할머니가 나타나면 껌이나 초콜릿을 사서 그에게 나눠줬다. 어느 날 그는 꽃다발을 들고 어둠에 잠긴 소극장 객석에 앉았다. "12인의 성난 사람들"이라는 제목으로, 열두 명의 배심원이 살인 사건의 판결을 두고 다툰다는 내용의 연극이었다. 유명한 레퍼토리라 그도 제목 정도는 대학 시절에 들어본 듯했다. 첫번째 투표에서 열한 명의 배심원이 유죄에 손을 들었다. 나머지 한 명의 배심원이 자리에서 일어났다. 그녀였다.

"저마저 손을 들면, 그 아이는 사형장으로 향하게 되겠지요."

그때 무대 위 그녀와 눈이 마주친 듯한 기분. 흥미로운 토론이 한 시간 반 동안 이어졌다. 마침내 열두 명의 배심원은 피고인이 무죄임에, 적어도 유죄라고 단정 지을 수 없음에 합의하였다. 그는 옆구리에 꽃다발을 끼고 기립 박수를 쳤다. 몇 사람이 엉거주춤 그를 따라 일어났다. 그 진부한 이탈리안 레스토랑과 소란스러운 펍을 오래 기억할 거라는 예감이 점점 강해졌다. 좋은 꿈. 좋은 꿈. 메시지를 나누고 누우면 가끔 얼떨떨해졌다. 이토록 좋은 일이 이토록 평범한 방식으로 이루어질 수 있다는 것이 의심스러웠다. 그럴 때 그는 하얗고 포근한 양을 세듯, 울림소리가 많은 그녀의 이름을 입안에서 굴려보곤 했다. 그러면 곧 아늑한 잠으로 빠져들 수 있었다.

늦여름의 토요일 한낮이었다. 그는 셀프 세차장에 들러 차 내부와 외부를 깨끗하게 청소한 뒤 그녀를 데리러 갔다. 그녀에게는 평범한 주말 여행으로 말해두었지만 뒷좌석에 벗어놓은 리넨 재킷 주머니에는 반지가 들어 있었다.

그는 스카이라운지부터 열기구까지 고려해보았지만 청혼에는 더 아름답고 정직하고 영원한 무엇이 필요했다. 국립박물관의 오래된 소장품들 사이는 충분히 로맨틱했지만 과거의 기억이 마음에 걸렸다. 경복궁은 재건한 것이었으므로 탈락했고 앙코르와트는 여정 자체의 피로도가 너무 높았다. 고민의 끝은 바다였다. 바다는 지금까지도 바다였고 앞으로도 바다이며, 세상에 똑같은 해변은 하나도 없었다. 그는 작고 비밀스러운 바위 해변을 마주한 프라이빗 빌라를 예약했다. 이 계획에 그녀의 동의를 구하진 않았다. 청혼 자체를 받아들일지도 알 수 없었다. 그건 협의의 대상이라기보다는 해내야 할 과업이었다. 결혼을 기정사실로 만들어 놓고 한껏 예고한 뒤 반지를 내미는 건 우스꽝스러웠다. 그는 오늘 밤 그녀가 어색한 표정으로 '생각할 시간'을 요청할 수도 있다는 걸 인지했지만, 상기된 얼굴로 손가락을 내밀 확률이 훨씬 높다고 판단했다. 그녀를 조수석에 태울 때만 해도 그는 유쾌한 긴장감을 느꼈다.

휴일이라 예상은 했지만 도시를 빠져나가는 데 긴 시간이 걸렸다. 차량의 행렬 끝에서 주의를 표하는 삼각대와 스키드 마크, 반파된 4인용 세단을 지나쳤다. 그는 지체가 그의 잘못이 아니라는 뜻을 담아 그녀를 보았고 그녀의 미소가 그를 다독였다. 첫번째 휴게소에서 샌드위치를 먹을 때 그녀는 들르고 싶은 곳이 있다고 말했다. 그 성당은 오래전 몇십여 명의 신자들이 박해를 피해 산 깊이 건설한 것으로, 특유의 벽돌 양식과 첨탑이 아름다운 곳이라는 설명을 덧붙였다. 그는 배우자가 일신론 기반의 신앙인이 아니길 바라왔고, 그가 알기로 그녀는 종교가 없었다. 그는 그녀의 제안을 문화적인 호기심의 일종으로 규정했다. 성당은 출발지와 도착지 사이의 너른 공간 어디쯤에 있긴 했지만 고속도로를 빠져나와 꽤 우회해야 했다. 내비게이션에 표시된 위치에는 성당의 방향을 가리키는 표지판이 있을 뿐이었고 실제 성당까지는 차에서 내려 10여 분을 더 걸어야 했다.

풀이 멋대로 우거진 길을 걸으며 그는 그녀가 성당 결혼식을 원할 경우를 의심해보았다. 자신도 그녀도 신자가 아니었으므로 해본 적이 없는 상상이었다. 그는 청혼에 비하면 결혼식은 다소 과대평가된 의례라고 생각했다. 청혼은 둘 사이에 일어나는 일이지만 결혼식은 둘이 아닌 사람들을 위해 하는 일이었다. 일가친척까지 고려한 현실적인 선택지 중에서 적절한 곳은 동문회관이나 회사 연수원 같았다. 웨딩홀의 통속성과 호텔의 허영 사이 어디쯤이라는 게 썩 나쁘지 않았다. 그는 성당 예식을 극적 형식으로서 흐뭇하게 관람해왔지만, 자신의 맹세에 사제가 필요하다고 여기진 않았다.

성당은 갑자기 나타났다. 잿빛 벽돌을 쌓아 올린 아담한 단층 건물이었다. 그다지 높지 않은 첨탑의 십자가가 그곳이 성당임을 증빙했다. 키가 큰 나무들이 첨탑보다도 높이 성당을 둘러싸고 있었다. 어떤 배경에서 건축되었고 사적 몇 호이다 등이 적힌 작은 동판이 보일 뿐 아무도 없었다. 굵은 사슬이 목재 문을 가로질러 매여 있었다. 으스스한 분위기에 그는 무슨 말이든 하기로 했다.

"누가 불 질러도 모르겠는걸."

그녀는 별 대답 없이 휴대전화 카메라로 성당을 서너 차례 찍었다. 그는 자신이 불을 지르고 싶은 게 아니라 세상에는 이유 없이 불을 지르는 사람들이 있고 이 성당의 관리는 허술하다는 것을 부연하고 싶어졌으나 그만두었다. 그와 그녀는 손을 잡고 풀벌레들이 우는 길을 걸어 차로 돌아왔다. 이미 해가 기울고 있었다. 그는 그녀를 먼저 차에 타게 한 뒤 빌라 오피스에 전화를 걸어 도착 시각을 수정했다. 두 시간이 걸리는 거리를 이동하기 위해서는 두 시간이 필요했다. 결혼이란 새로운 시작이니까 밤이 아니라 아침에 청혼하는 게 좋지 않은가, 그런 생각을 하다가 이번 여행이 정말 청혼을 위한 최적의 선택인가,까지 의식이 닿았다. 시동을 걸자 전조등이 자동으로 켜졌다.

지방 도로는 산중을 굽이쳤다. 전조등 너머는 곧 깜깜해졌다. 그는 한참 동안 다른 차를 만나지 못했다. 둔해진 감각으로 달리는 길은 오르막인지 내리막인지도 확실치 않았다. 도로가 차를 실어 가고 있었다. 그는 자기보다 크고 빠른 기계를 통제할 때의 상쾌함을 기억해내려고 애썼다.

"자는 거야?"

그가 조수석의 그녀에게 물었다. 자고 있지 않다면 들릴 만한, 그러나 자고 있다면 깨지 않을 만한 목소리였다. 자고 있지 않지만 자고 싶다면 자는 척을 해도 좋았다. 그녀의 고개는 조수석 차창 쪽으로 기울어져 있었다. 얼굴의 4분의 1 정도가 보였다. 그때 퍽, 하고 작은 파열음이 들렸다.

그는 비교적 침착하게 차를 세우고 비상등을 켰다. 그녀가 몸을 일으키며 말했다.

"다 왔어?"

비상등 소리가 딸깍거릴 때마다 차 앞으로 몇 미터쯤의 도로가 나타났다가 사라졌다. 차 앞에는 아무도 없었고 그는 왼쪽 전조등만이 작동하고 있다는 걸 알아차렸다. 핸들에서 손을 놓고 안전벨트를 풀었다. 그는 전조등이 나간 것 같다고 말하고 차에서 내렸다.

밖으로 나오자 맞닥뜨린 선선한 바람에 그는 한기를 느꼈다. 뒷좌석에 벗어둔 재킷 생각이 났지만 운전석 문을 닫고 걸음을 옮겼다. 깊은 산속이라 사방에는 어떤 불빛도 보이지 않았다. 커다란 나무들만이 도로의 양옆을 지키고 있었다. 깜빡이는 왼쪽 전조등을 끼고 돌자 금이 간 오른쪽 전조등이 보였다. 전조등 주변에서 별다른 흔적은 발견할 수 없었다. 그는 도로 가장자리로 걸음을 옮겼다. 조수석을 지나칠 때 그녀가 차 안에서 무어라고 말했다. 입모양으로 미루어 볼 때 괜찮냐고 묻는 것 같았다. 그는 고개를 끄덕이고 차의 뒤편으로 향했다. 붉은 후미등이 깜빡거리며 지나온 길을 얼마간 밝혔다. 20여 미터쯤 걸은 그가 발견한 것은 덩그러니 놓여있는 신발 한 쪽이었다.

그건 군청색 털 고무신이었다. 발목을 따라 짧은 털이 둘러져 있었다. 쓰레기라고 하기에는 멀쩡했지만, 또 누가 신고 다니기에는 좀 낡아 보였다. 크기와 모양을 가늠해볼 때 그것은 여성의 왼발용이었다. 그는 그 왼쪽 털 고무신과 오른쪽 전조등의 관계를 이해해보려고 했다. 주변을 둘러보았으나 오른쪽 신발도, 신발의 주인도, 어떤 다른 흔적도 발견할 수 없었다. 털 고무신이 그곳에 있는 이유를 생각해내지 못하자 그는 자신이 그곳에 있는 이유를 생각하기 시작했다. 도로 옆으로 검게 우거진 숲을 보았다. 첨탑처럼 솟은 나무들의 부분 부분이 희미한 형체로 보일 뿐, 숲 안쪽의 깊이는 알 수 없었다. 바람이 불 때마다 나뭇잎들이 스치는 소리가 파도 소리처럼 가까워졌다가 멀어졌다. 그 검은 바다의 가장자리에 서서, 그는 한쪽 신발을 잃어버리고 걷는 사람의 뒷모습을 상상했다.

차 문이 열리는 소리가 들렸다. 차에서 내리려다가 다시 안으로 몸을 숙여 무언가를 찾는 그녀가 보였다. 그녀는 그의 재킷을 꺼내 원피스 위에 걸치며 그의 이름을 불렀다. 후미등을 등진 그녀의 그림자가 아스팔트 위에 길게 드리워졌다. 어디라고 하기도 어려운, 어디와 어디 사이일 뿐인 한밤중의 도로. 일렁이는 나무들과 속살거리는 풀벌레들. 그의 재킷을 입고 그의 이름을 발음하는 사람. 아무도 멈추지 않을 곳에서의 아무도 모르는 한때.

그는 그를 부르는 소리를 따라 발걸음을 옮겼다. 그녀 앞에 섰을 때 그는 약간의 불안은 청혼이 요구하는 진정성의 일부라는 걸 받아들였다. 그녀는 재킷 주머니에 손을 넣고 있었다.

"안에 있는 거. 꺼내봐."

그녀가 '어, 음, 응' 같은 소리를 내며 반지함을 꺼내 들었다. 그를 보며 "설마?" 했고 그는 끄덕였다. 그녀는 고개를 저으며 말했다.

"안 돼."

그는 아득해졌다. 어디서부터 잘못됐지. 나뭇잎 소리도, 풀벌레 소리도 멈춘 듯했다. 그녀가 반지함을 그에게 내밀며 말했다.

"당신 손으로 줘야 해."

그녀에게서 반지함을 받아 들 때 그는 결정적인 열세 번째 조건이, 그것이 정확히 무엇인지 깨닫기도 전에 충족되었다고 느꼈다. 그는 중요한 말을 또박또박 하려 했는데 목이 메었다. 그녀가 손가락을 내밀었다. 반지가 조금 헐거운 것 같았다. 그녀가 말했다.

"자기 울 줄 아는 사람이었구나."

그날 밤 그는 한쪽 전조등만으로 도로를 달려 그녀와 함께 바다에 닿았다. 모달 침구는 부드러웠고 그녀의 체온은 따뜻했다. 그녀는 그의 귀에 평소에 하지 않던 말을 속삭였다. 그는 그녀가 잠든 뒤에 반지가 끼워진 그녀의 손가락을 오래 보았다. 아침 해가 떴다. 테라스에서 크루아상과 스크램블드에그를 먹었고 핸드 드립으로 내린 하와이안 코나를 마셨다. 월요일에는 출근을 했다. 팀원의 작업을 검토해 오차 범위를 유의미하게 줄인 뒤 퇴근했다. 깜깜한 도로와 어리둥절한 그가 찍혀 있을 뿐인 블랙박스 영상을 노트북 어딘가에 저장했다. 두 달 뒤에는 상견례를 했고 공동 계좌를 개설했다. 또 몇 달이 지나는 동안 그는 그녀의 직장 근처에 아담한 신축 아파트를 구매했다. 그의 부모는 그 몰래 모아뒀던 약간의 돈을 보태려 했고, 그는 그 돈을 부모 몰래 양가 어르신들의 노후 비상금으로 묶어 놓기로 했다. 그녀도 동의했다. 대출을 조금 더 받아야 했으나 그의 수입 안에서 융통이 가능한 정도였다. 그 도로에서 무언가를 찾았다는 전화가 올 것 같아서 물끄러미 전화기를 보는 때가 있었지만 그런 일은 일어나지 않았다.

그녀가 몇 살인지, 무슨 일을 하는지 사람들이 물을 때마다 그는 그녀를 설명하는 더 나은 방식을 고민했다. 무엇이 매력이었냐는 질문에는 정작 대답하기 어려웠다. 정확한 표현을 찾다가 애써 그들에게 설명할 필요가 없다는 결론에 도달했다.

"그녀는 예쁘고 착하고 똑똑하고 재밌고 저를 사랑하는 사람이죠."

그러면 사람들이 "부럽다 부러워"라고 말했고 그는 농담이었다고 덧붙였다. 그의 대학 동기 중 인플루언서인가 에세이스트인가, 정확히 무엇으로 먹고사는지 그로서는 알기 어려운 이가 있었다. 형광색 벙거지 모자를 쓰고 모임에 온 그 동기는 청첩장을 펼쳐보다가 그에게 물었다.

"그래서 어때, 너는 사랑해?"

그는 대답했다.

"당연히 사랑하지."

집으로 돌아오는 길. 좌회전 우회전 신호 대기 직진. 사랑하지. 사랑이 뭔데. 이게 사랑이지. 이 정도면 굉장히 사랑 아닐까. 하하. 역시 재밌는 녀석이야. 그는 그녀와 함께 식기세척기와 건조기와 의류 관리기를 골랐고 거실에 텔레비전을 두지 않기로 결정했다. 청첩장의 디자인은 다양했고 스튜디오 촬영의 관습은 복잡했다. 그는 '신부가 원하는 대로'라는 대원칙을 세웠다. 가끔은 그녀가 원하는 것을 그녀보다 빨리 눈치채기 위해 노력하면서 해야 할 일의 목록을 순차적으로 지워나갔다. 그중 하나는 그녀를 따라 예비 신자 및 혼인 교리 교육을 이수하는 것이었다. 마침내 도심지의 작은 성당에서 그녀와 나란히 무릎을 꿇었다.

파이프오르간 소리가 울려 퍼졌다. 스테인드글라스로 스미는 오후의 햇살이 반짝거렸다. 그녀의 웨딩드레스는 단상에 장식된 백합만큼 하얬다. 그녀는 꼭 그럴 필요가 있느냐는 입장이었지만, 그의 권유에 따라 아예 구매한 웨딩드레스였다. 사제가 "저는 결혼 생활을 해보지 않았는데……"라며 말씀을 시작했고 하객들 사이에서 잔잔하게 웃는 소리가 났다. 그가 전에 들어본 적이 있는 유머였지만 어느 때보다도 매력적이었다. 사제가 그와 그녀의 이름을 부르며 신랑과 신부는 일어나달라고 말했다. 그는 무릎을 꿇을 때 지난 삶의 일부를 잃은 듯했으나 일어나면서 남은 삶의 전부를 얻은 것 같았다. 식이 끝난 뒤 그녀는 또 우는 줄 알았다며 그를 놀렸다. 신혼여행으로 간 섬은 너무 멀어서 이 세상 같지 않았다. 캐리어를 끌고 돌아와 함께 살 집의 현관으로 들어설 때, 그녀는 그에게 "피곤하지?"라고 물었다. 그는 "아니, 전혀"라고 대답했다. 그가 그 집에서 한 첫번째 거짓말이었다.

평일 저녁이면 각자의 직장에서 돌아와 거실에 있는 식탁에 마주 앉았다. 따뜻한 음식을 천천히 먹었고 "그래"라거나 "지금?" 같은 짤막한 말을 나누다 웃었다. 가끔 그녀가 푸념을 섞어 늘어놓는 직장 이야기를 그가 전부 이해한 것은 아니었다. 그러나 그는 설거지를 하고 차를 끓이고 목욕물을 받을 수는 있었다. 그는 금요일에는 그녀를 태우고 근교에 갔고 토요일에는 마트에서 카트를 밀었으며 일요일에는 짜파게티 요리사가 되었다. 짜라짜 라짜짜 짜아파게티. 그는 주방에서 그 노래를 흥얼거렸다. 그녀가 지나가다 "당신이 이런 사람인 줄 알았으면 내가……" 하면서 그의 엉덩이를 팡팡 쳤다.

첫 결혼기념일에는 기념사진을 찍었다. 그녀는 웨딩

드레스를 꺼내 입었고, 그는 그녀가 선물한 흰 바지를 입었다. 아이를 갖자는 계획을 세웠고 즐겁게 노력하다가 나중에는 병원을 드나들었다. 기계와 약물. 체조와 명상. 그렇게 1년을 보내고 첫 임신에 성공했다. 그 아이는 8주 만에 유산되었다. 태명을 정하기도 전이었다. 그녀가 병원 침상 위에서 울었던 이틀 동안 그는 가습기의 물을 갈고 과일을 깎고 그녀의 손등을 쓰다듬었다. 임신 자체를 인지하지 못한 경우를 포함해 열 명 중 네 명은 자연 유산을 겪는다는 통계는 도움이 되지 않았다. 그즈음 어느 퇴근길에 그는 처음으로 혼자 성당에 들렀다. 성가대의 노래가 흘러나오는 동안, 그는 성당 밖 벤치에 잠시 앉아 있었다.

그가 서른아홉이 되고 몇 달이 지난 어느 밤. 신음과 비명과 울음 속. 뭐가 뭔지 알기 어려웠는데 간호사가 그의 손에 서늘하고 날카로운 물건을 쥐여줬다. 가위였다. 그는 탯줄을 잘랐다. 간호사가 핏덩이를 수건으로 닦아내며 낭랑하게 말했다.

"밤 11시 49분이고요. 여아예요. 눈, 코, 입 뚫려 있고요. 귀 두 개요. 손가락 하나 둘 셋 넷 다섯…… 발가락 하나 둘 셋 넷 다섯…… 외관상 특이점은 없어요. 축하드립니다."

그것이 꼬물거리는 손으로 그의 손가락을 움켜잡았다. 사람이었다. 사람이 사람을 낳다니. 열 달 동안, 어쩌면 평생 아내의 몸에서 일어난 신비하고도 가혹한 일에 대하여 그는 겸손해졌다. 그는 아기를 돌보다가 출근했고, 아기에게 좋은 음식이나 장난감 따위를 검색하다가 퇴근했다. 아내의 경력 손실을 최소화하기 위해 그는 남직원은 육아 휴직을 사용하지 않는다는 사내 불문율을 깼다. 몇몇 상사가 빈정거렸지만 그는 개의치 않았다. 회사에는 그와 같은 직군으로 2백여 명이 근무했고 그중 열한 명은 정확히 그와 같은 역할을 하고 있었다. 하지만 세상 어떤 무대에서도 그녀의 남편은 자신 하나뿐이었고 그 사실을 떠올리면 알 수 없는 용기가 솟았다.

무럭무럭 자라날 아기를 고려해 더 큰 집을 구했다. 이사를 하면서 구청 수영 대회에서 받은 동메달은 챙겼지만 목공방에서 만든 스툴은 버렸다. 젊은 때 입던 옷가지의 반 정도를 기부했고 오래된 전자기기 몇 가지를 폐기업체에 넘겼다. 그중 노트북에는 블랙박스 영상이 저장되어 있었지만 그는 그 사실을 잊은 뒤였다. 새로운 집에서의 첫번째 밤, 짐 정리가 덜 된 거실에서 조촐한 축하를 하기로 했다. 뜯지 못한 상자와 조립해야 할 가구, 신문지로 싼 화분과 장난감 자동차 사이의 식탁. 작은 케이크 위에 초가 하나 꽂혔고 그가 거실의 조명을 껐다. 식탁을 둘러싼 어둠과 창밖의 밤. 그는 멀리에서 굶고 울고 헤매는 사람들, 부딪히고 무너지고 있을 것들을 잠시 애도했다. 그리고 촛불 하나가 밝히는 식탁과 그녀, 그녀가 안고 있는 아기를 보았다. 그러고 보니 결혼하고는 같이 연극도 한 편 못 봤네, 생각하며 그가 식탁으로 다가가려 할 때 그녀의 말.

"잠깐."

그가 엉거주춤 멈춰 "왜?"라고 묻자 그녀는 깜빡한 무엇을 떠올리려는 듯 그를 보다가 말했다.

"아니. 아무것도 아니야."

그는 폴라로이드 사진처럼 작고 예쁜 풍경 속으로 걸어가 그의 아내와 아기의 곁에 앉았다. 아기가 무언가를 붙잡으려 허공에 팔을 뻗어 휘두르다 웃음을 터뜨렸다. 그녀가 아기의 이름을 부르며 "뭐가 재밌니, 응?" 하고 덩달아 웃었다. 그는 어떤 것들은 예고될 수 없으며 호명될 뿐이라고 생각하며 담대해졌다. 당장 해야 할 일은 단순하고 명료했다. 그는 촛불을 끄고 어둠 속에서 손뼉을 쳤다.

인터뷰

김기태 × 이희우

이희우　올해 초 『동아일보』 신춘문예를 통해 첫 소설을 발표하셨어요. 그 이후로 크고 작은 변화가 있으셨을 것 같아요. 당선 이후의 근황을 비롯하여 간단한 소개를 부탁드립니다.

김기태　김기태입니다. 직장에 다니고 소설을 씁니다. 첫 소설을 발표하고 반년 이상이 지났는데요. 가끔 설렜고 자주 걱정했습니다. 그리고 대부분의 시간은 그냥 출근과 퇴근, 식사와 목욕, 세탁이나 분리수거 같은 과업에 붙들려 있었습니다. 반응을 얻거나 고료를 받으면 기쁘지만 생활의 감각이 달라질 정도는 아니지요. 소설을 써서 얻을 수 있는 최고의 보상은 소설을 씀 그 자체일지도 모른다고 최근에는 생각 중입니다. 차곡차곡 문장을 쌓아 올리기. 그러다 마지막 문장에 닿기. 그게 가장 재미있는 일인데, 사실 그건 당선 전에도 하고 있던 일이거든요. 대부분의 기쁨은 이미 내 책상 위에 있었구나. 요즘은 그런 기분입니다.

이희우　지금까지 발표하신 작품들을 읽으면서 소재의 다양함과 구체성이 눈에 띄었습니다. 데뷔작 「무겁고 높은」은 폐광(廢鑛)이 있는 쇠락한 지역에서 역도를 연습하는 여고생을 주인공으로 하고, 「세상 모든 바다」(『Axt』 2022년 3/4월호)는 당당하고 올바른 케이팝 아이돌 그룹을 좋아하는 한국계 일본인이 주인공입니다. 주인공의 정체에 대한 이런 거친 요약이 소설에 대해 많은 것을 말해주는 것은 아니지만, 다양하고 구체적인 소재를 엮어 소설을 기획하는 능숙함이 눈에 띈다고는 말할 수 있을 것 같습니다. 소재를 어떻게 찾거나 모으시나요? 또 소재를 선택하는 김기태 작가의 방법이나 원칙이 있는지 궁금합니다.

김기태 저는 사람들이 밥을 먹고 일을 하며, 선거를 치르고 전쟁을 벌이는 구체적인 세계에 관심이 있습니다. 소설이 현실에 발을 붙이고 있어야 한다는 구호에는 전혀 동의하지 않지만 저에게는 제 소설 속 인물을 우리가 아는 (혹은 안다고 착각하는) 세계와 분리해서 사유하는 게 좀 어려운 일입니다. 사람은 자기가 원하든 원하지 않든 특정한 역사적 맥락 안에 놓이고 다양한 스케일의 집단에 구속된다는 사실이 제게는 의미심장하거든요. 그래서 세계 속에 인물의 수평적이고 수직적인 좌표를 마련하다 보면 필연적으로 구체적인 소재가 따라붙는 것 같습니다. 볼 수 있고 만질 수 있는 것부터 정리한다고 해야 할까요. 인물의 안으로 파고드는 것보다 바깥을 맴도는 걸 좋아한다고 해야 할까요. 한 인물이 품는 감정의 부피와 무게, 빛깔과 무늬를 헤아리는 훌륭한 소설들이 많잖아요. 그런데 그런 섬세한 공감 능력이 제게 있는지 좀 의심스러워요. 못하니까 하기 싫고 하기 싫으니까 못하는 걸지도요. 결과적으로 비가시적인 감정에 천착하기보다는 가시적인 세계를 탐구하자는 방향으로 움직이고 있습니다. 산책 나온 개처럼 코를 여기저기 대고 킁킁거리면서요. 물론 이런 접근은 방법이나 원칙이라고 할 만한 것들은 아니고, 사후적으로 돌아보고 발견한 어떤 경향인데요. 이 경향성을 제가 다듬어야 할지 극복해야 할지는 아직 모르겠습니다. 솔직히 말하자면 지금은 그때그때 사로잡혀 있는 문장이나 장면을 어떻게든 풀어내고 싶어서 갈팡질팡 중인 듯해요. 그 가지런하지 못한 보폭을 '소재의 다양함과 구체성'으로 해석해주신다면 감사한 일입니다.

이희우 연애와 결혼을 포기하거나 거부하는 사람들이 점점 더 늘어나고, 취직과 내 집 마련이 점점 더 어려워지고 있는 시기입니다. 마찬가지로 그러한 사회적 문제를 직간접적으로 다루거나 반영하는 소설이 최근 몇 년 동안 많아져왔습니다. 흔히 '정상적'이라고 여겨지지 않는 삶, 욕망, 관계의 양상을 제시하고 재현하는 소설도 증가했습니다. 반면 「전조등」의 주인공은 앞서 열거한 것들을 너무나 무난하게 해낸다는 점에서, 또 한국 사회가 일반적으로 요구하는 '정상성'에 거의 완벽하게 부합한다는 점에서 근래 한국 소설에 등장하지 않던 유형의 인물입니다. 전에 발표하신 작품의 주인공들과도 많이 다른 듯해요.

이 소설의 주인공은 그래서 문제적으로 보입니다. 사회적 기준이나 타인의 기대에 부응하고자 하는 욕망이야 거의 모두에게 얼마간 있는 것이겠지만, 이 소설의 주인공만큼 '정상성'과 자신을 불편함 없이 동일시하기는 힘드니까요. 심지어 무난한 합리성과 도덕성, 유능함을 갖추고 있고, 뒤틀린

내면 같은 것도 없고요. “네모나지도 둥글지도 않은 안경”처럼 어떤 면에서도 개성이 없어서 오히려 비현실적인 느낌이 있습니다. 다양한 사고실험을 위해 마련된 백지장 같은 인물이라고 할까요. 이러한 인물을 주인공으로 선택하신 이유가 있을까요?

김기태 읽는 분들이 주인공을 어떻게 받아들일지 걱정이 많았습니다. 속되게 말하자면 재수없는 인물이니까요. 2022년에 중산층 이성애자 남성의 청혼 이야기가 무슨 의미를 생성할 수 있는지 회의적이기도 했고요. 저의 내면에 ‘만남-결혼-오래오래 행복하게 살았습니다’로 이어지는 고전적 로맨스 서사에 대한 어쩔 수 없는 향수 같은 것이 있지 않았나, 그런 의심도 아직 하고 있습니다.

여러 걱정에도 불구하고 굳이 이런 인물을 택한 이유를 한두 가지로 정리할 순 없지만, 말씀하신 ‘개성’이라는 개념을 검토해보고 싶기도 했어요. 위장된 정상성을 강력히 요구해온 한국 사회의 풍토 속에서 각자가 ‘나’를 재정의하는 것은 고무적인 일이고 앞으로도 한참 전개되어야 할 움직임이겠지요. 다만 때때로 우리는 참되고 고유한 ‘나’를 찾아야 한다는 압력에 지나치게 시달리는 것 같습니다. ‘자아’ 실현 같은 것이 궁극적인 삶의 목표로 제시되기도 하고요. ‘개성이 없다’는 말은 꽤나 모욕적이라서 대놓고는 못할 것이기도 합니다. 그런데 그렇게 독자적인 개성이 정말 있을까요. 어쩌면 존재하지도 않고 필요하지도 않은데 찾고 있는 건 아닐까요. 왜 우리는 '좋은 사람'보다 '개성 있는 사람'을 동경할까요. 주어를 슬쩍 '우리'라고 두긴 했지만 저는 그랬던 것 같아요. 돌아보면 고작 '나답지 않다'는 이유로 할 수도 있는 일을 거절하고 타인에게 상처를 준 일이 많았습니다. 상대방이 믿을 수 없을 정도로 자신을 내려놓고 제게 선의를 줬던 경우에도요. 반성과 후회의 시간이 길었습니다만 여전히 '나'를 내려놓는 건 쉽지 않습니다. 아무튼 '개성' 같은 개념들이 과대평가되는 건 아닌지 좀 의심스러웠어요. 그런 개성-신화의 배후에 작용하는 수상한 힘들을 해명하는 게 이 소설의 목적은 아니었지만, 소위 '정상성'에 결속되어 있는 인물이 동시에 '개성'에 대한 압력을 받을 때 어떤 선택을 할지 궁금했습니다. 저에게 주인공의 선택은 조금 의아하더라도 조롱할 수는 없는 무엇이었고요.

물론 이러한 구도나 선택 자체가 특정한 계급과 정체성 위에서만 가능하다는 점을 덧붙여야겠습니다. 좋은 사람이든 개성 있는 사람이든, 일단 '사람'으로 사는 것 자체가 난관인 경우가 많으니까요. 주인공이 감각하는 안온한 세계에서는 그런 문제들이 창문 바깥 먼 곳에 있으리라 짐작될 뿐이겠지요. 그렇다 하더라도 이 인물에게 '당신은 당신의 삶으로써 우리 사회의 정상성 이데올로기를 공고하게 만들었습니다'라고 반성을 요구할 수 있을까요. 그런 질문을 생성하고 고민을 나눌 수 있다면 그것도 괜찮은 일이라 생각했습니다.

이희우 어쩌면 이 소설은 '정상적인' 삶의 연극성을 과장 없이 보여주는 것 같기도 합니다. 주인공은 자신이 맡은 역할과 삶이 분열 없이 대응하는 인물입니다. 대학생 시절 "뭔가 다른 게 되어볼 수 있"을 것 같아서 연극 동아리에 가입했지만 비중 없는 대학생 역할만을 연기하게 되었던 것처럼요. 문득 하늘에서 떨어져 전조등을 고장 내는 "군청색 털 고무신"처럼 기이한 조짐이 있지만, 주인공은 그 조짐을 추적하지 못한 채 망각하고 말지요. 주인공은 특별한 사건도 일탈도 없이 살아온 자신의 삶에 공허함을 느끼다가도, 이내 사랑하는 사람을 만나 충만함을 느끼게 됩니다. 이 충만함까지도 묘하게 연극적이지만, 주인공은 그것을 의식하지 않겠지요.

그렇다면 주인공의 이 평온하고 성실한 삶은 무한한 무대 위의 끝없는 연극처럼 계속 이어질 수 있을까요, 아니면 예기치 못한 사건에 의해 결국 깨어지고 말까요? 한마디로 주인공은 앞으로 어떻게 살게 될까요? 이것은 김기태 작가가 소설 이후에 이어질 인물의 삶을 염두에 두시는지, 혹은 인물의 미래는 소설이 끝남과 함께 추적 불가능한 곳으로 놓아주시는지에 대한 질문이기도 할 것 같습니다.

김기태 구체적인 미래를 상상하진 않지만 응원 비슷한 기분으로 떠나보내는 때가 많은 듯합니다. 이번 주인공의 경우, 예기치 못한 사건은 언제나 일어나겠지만 쉽게 흔들리진 않을 거라고 생각합니다. 삶이 연극이라면 그는 점점 좋은 배우가 되지 않을까요. 무대에서 긴 세월을 보낸 훌륭한 배우를 상상해 봅니다. 일상에서보다 캐릭터로서 웃거나 울었던 때가 더 많을 정도인 배우를요. 그 얼굴에 주름을 새긴 건 허구의 시간일까요 현실의 시간일까요. 어쨌든 주름만은 진짜라고 할 수밖에 없고, 한순간 그 주름들에 불가해한 위엄이 서릴 수도 있겠지요. 결말에서 주인공이 느끼는 충만함은 분명 연극적이지만, 아주 오래 그답게 성실히 역할을 수행한다면 그건 분명 존중할 만한 삶이라고 생각해요. 콩 심은 데 콩 나고 팥 심은 데 팥 난다는 말에 비추어 본다면 가짜 감정에서는 가짜 관계만 만들어질 수 있겠지요. 그러나 감정이란 건 심을 때에는 콩인지 팥인지 결정되지 않은 상태고, 오랜 세월 구체적인 보살핌이 누적되면서 형성되는 걸지도 몰라요. 그는 앞으로도 최선을 다해 관계를 보살필 테니 나름대로 단단한 열매를 얻을 거라고 저는 믿고 싶습니다. 말씀하신 삶의 연극성에 기대어 이 소설을 쓴 것은 사실이지만, 그게 꼭 삶이 허위나 가장(假裝)이라는 인식은 아니었거든요. 오히려 연극이기 때문에 수행자의 의지가 개입될 수 있는, 그런 가능성까지 포함하는 것 아닐까 해요. 집중력을 발휘해서 몰입한다면 멋진 일을 해낼 수도 있는 거지요. 물론 이 인물이 망하길 바라는 독자분도 있을 것 같은데요. 멀쩡한 인물의 내면에 도사린 결핍이나 행복한 가정의 곪은 속을 들여다보는 게 소설의 일일지도 모르겠습니다만, 저로서는 '완벽은 아니어도 대체로 행복하면 그냥 행복한 걸로 치자'는 식의 천진한 믿음에 기대는 편을 선호합니다.

이희우 「전조등」은 작가에게 궁금한 것이 생기는 만큼 스스로 묻게 되는 것도 많은 소설이었습니다. 특이할 것 없는 일상의 평범한 순간이 자세히 들여다보면 일관성 없고 감각적인 요소로 가득한 것처럼 이 소설의 문장도, 주인공의 삶도 그런 듯해요. 주인공의 삶이 그렇듯, 무언가에 충만하게 몰입하는 순간에는 항상 삶의 연극성에 대한 망각이 있는 게 아닌가 싶었습니다. 그 망각을 다시 무대 위에 올리는 게 희극의 능력이라는 생각이 들었어요. 저를 비롯해 김기태 작가의 다음 소설을 기다리게 되는 독자들이 있을 것 같은데요. 마지막으로, 앞으로의 창작 계획 혹은 관심을 가지고 있는 소재나 분야 등을 여쭈어보고 싶습니다.

김기태 아직 계획을 세울 정도로 스스로의 글쓰기를 통제하고 있지는 못한데요. 가능하면 다양한 사람과 상황을 그려보고 싶다는 막연한 욕심은 있습니다. 커다랗고 복잡한 세계를 단순하지만 정직하게 헤매보고 싶어요. 언젠가 작업물들을 그러모았을 때 내용이나 화법이 뒤죽박죽일수록 뿌듯할 것 같습니다. 나아가 그 뒤죽박죽 자체를 새겨넣은 한 편의 소설을 남길 수 있다면 참 좋겠습니다.

오후만 있던 일요일•

위수정

2017년 『동아일보』 신춘문예를 통해 작품 활동을 시작했다.
소설집 『은의 세계』가 있다.

원희는 남편이 몸에 딱 붙는 바이크 웨어를 입은 채 현관 거울에 자신의 차림을 이리저리 비춰 보는 모습을 바라보았다. 규석은 은퇴 후 한동안 우울증 약을 복용하다 동창의 권유로 자전거 동호회에 가입했다. 이제 동호회에서도 운영진 위치에 있는 규석은 몸의 굴곡이 적나라하게 드러나는 라이딩 전용 복장도 전혀 민망해하지 않는 수준에 이르렀다. 아니, 그렇게 된 지도 이미 몇 년이 흘렀다. 처음에 규석은 원희에게도 함께 나가면 안 되겠냐며 부탁에 가까운 권유를 해왔다. 혼자서는 어색하다고. 그러나 원희는 사람들이 모여서 하는 운동에는 흥미가 없었다. 단호하게 거절했으나 규석이 정 견디지 못하는 것 같으면 함께할 만한 다른 취미라도 찾아야 하나 고민은 했다. 의외로 규석은 금방 자전거에 빠졌다. 나도 자전거 배워볼까? 원희는 천만 원이 넘는 티타늄 MTB 자전거를 가볍게 들고 나서는 규석에게 충동적으로 물었다. 응? 규석은 못 들은 척 되묻고는 말을 이었다. 수임이 만난댔지? 맛있는 거 먹고 잘 놀다 와. 그리고 현관문을 빠져나가는 순간에도 거울에 비친 자신의 모습을 다시 한번 재빨리 훑었다. 규석이 나가자 현관문이 닫혔고 이어서 도어 록 잠기는 익숙한 소리가 들렸다. 몇 초 후 조용히 현관 센서등이 꺼졌다. 빈 공간에 신발 몇 켤레만 우두커니 남았다. 원희는 그 적막을 잠깐 응시하다 익숙하게 몸을 돌려 욕실로 향했다.

원희는 대학 동기이자 음대 교수인 수임과 미용실에서 만나 머리를 한 후 피부 관리를 받으러 갈 예정이었다. 원희는 고주완이 연주한 쇼팽의 에튀드를 들으며 외출 준비를 시작했다. 부드럽고 힘 있게 건반 위를 질주하는 고주완의 손가락과 유연한 팔의 움직임, 텐션에 따라 달라지는 어깨와 등의 곡선…… 그의 모습을 떠올리자 어디선가 감미로운 바람이 불어와 가슴이 가볍게 붕 떠올랐다.

원희는 대학에서 피아노를 전공했지만 결혼 후 육아와 살림을 하며 연주에 손을 놓았다. 간혹 피아노 앞에 앉아 쇼팽의 왈츠나 브람스를 연습하기는 했는데 그마저도 그만둔 지 꽤 되었다. 청소를 할 때나, 피아노에 대해 누군가 물어볼 때마다, 여유가 생기면 다시 시작해야지, 생각은 했으나 시간은 정말이지 솜사탕이 물에 녹듯 스르르 흘러 사라져버렸다. 원희는 자신이 손녀가 있는 '할머니'라는 사실이 문득문득 믿기지 않았다. 너무 일찍 아이를 낳은 딸이 가끔은 원망스럽기까지 했다. 피아노는 언젠가부터 집 한편에서 장식품 역할을 충실히 하고 있었다. 원희는 이제 자신은 그저 클래식 애호가일 뿐이라 여겼지만 내심 아직도 언제든 연습만 하면 손가락은 금방 풀리지 않을까 생각은 하고 있었다. 생각만.

가벼운 화장을 마친 후 원희는 콧노래를 부르며 휴대폰으로 고주완 팬 사이트에 들어가 게시글을 훑어보았다.

그리고 날씨를 확인했다. 실크 스카프를 두르고 트렌치코트를 챙겼다. 봄이었지만 해가 지면 아직 쌀쌀했다. 원희는 신발장에서 와인색 플랫 슈즈를 골라 신고 거울로 매무새를 점검했다. 최근 들어 머리숱이 눈에 띄게 적어지는 것 같아 짧게 혀를 찼다. 엘리베이터를 타고 지하 주차장으로 내려가는데 전화벨이 울렸다. 유나였다. 원희는 잠깐 받을까 말까 고민했다. 응, 유나야. 엄마 엘리베이터. 이따 전화할게. 그러나 운전석에 앉아 시동을 걸고 라디오를 켜는 순간 원희는 딸을 잊었다. 유나는 현재 셋째를 임신 중이었다. 일곱 살, 다섯 살의 딸을 두고 또다시 임신해 만삭에 가까운 유나 생각을 하면 원희는 절로 고개가 저어지고 한숨부터 나왔다. 미용실에 도착해 대기하고 있는데 유나에게 다시 전화가 걸려 왔다. 엄마, 어디야?

미안. 운전한다고 깜빡했네. 엄마 지금 미용실, 수임이모랑.

나 정말 왜 이러지. 엄마, 나 게장 안 좋아하는 거 알지. 근데, 갑자기 예전에 엄마가 해준 양념게장이 너무 먹고 싶어서 하루 종일 그 생각밖에 안 나는 거야. 아 지금도 말하니까 입에 막 침이……

양념게장? 내가 언제?

왜, 그때 있잖아. 김서방 생일 때랑……또, 언제였더라.

그거 할머니가 해주셨던 거 같은데. 아니 샀던 거 같

기도 하고. 아, 유나야. 엄마 이제 샴푸 해야 해. 문자 남겨. 미안.

원희는 바쁜 척 급히 전화를 끊었다. 서운하려나? 좀 더 들어줄 걸 그랬나. 게장은 나중에 사다 주지 뭐. 원희는 대기 소파에 앉아 잡지를 뒤적이다 문득 요양원에 있는 시모가 떠올랐다. 시모가 지방의 요양원에 들어간 지도 어느새 5년이 지나고 있었다. 시모는 자식들이 모두 결혼을 하고 시부가 세상을 뜬 뒤 20년 가까이 홀로 살았다. 초기 치매 판정을 받은 후에는 규석의 형 부부와 서너 달 함께 살다 스스로 요양원행을 택했다. 그때가 여든한 살이 되던 해였다. 원희 부부를 비롯해 모든 자녀가 당분간만이라도 함께 살자며 요양원행을 반대했으나 시모는 완고했다. 희고 풍성한 파마머리에 핑크색 트위드 투피스를 단정하게 차려입은, 팔순 생신 때의 환했던 시어머니의 모습을 원희는 며칠 전 일처럼 선명히 기억하고 있었다. 중학교 영어 선생이었던 그녀는 언제나 우아했다. 원희가 보아온 수십 년간, 시모는 알아서 적당한 거리를 두고 자식들과 크게 서운한 일 없이 대체로 잘 지냈다. 하소연이나 잔소리가 거의 없었다. 그런 만큼 다정한 성격은 아니어서 간혹 차갑게 느껴질 때도 있었다. 결혼하고 처음 몇 년간은 시모가 자신을 달가워하지 않는 것은 아닐까 생각한 적도 있었다. 그러나 시간이 지나면서 원희는 시모의 현명함을 존경

하게 되었다. 아주 가끔이지만 시모는 명절이나 가족 모임에서 술을 한두 잔 하고 평소와 달리 천진한 표정으로 소리 내어 웃을 때가 있었다. 그럴 때에는 시모를 따라 가족 모두가 함께 웃었다. 원희는 그런 모습들을 닮고 싶다고 생각했다. 저렇게 늙고 싶다고. 현명하고 아름답게.

그런 그녀가 치매라는 말을 들었을 때, 원희는 두려웠다. 시모의 다른 모습을 보게 될까 봐. 그녀가 요양원에 입소하던 날을 떠올리면 여전히 가슴이 아리고 눈시울이 뜨거워졌다. 그러나 가족들이 고심해서 정한 요양원은 환경이 나쁘지 않았고 시모는 꽤 잘 적응하는 것처럼 보였다. 전과 완전히 같다고는 할 수 없으나 여전히 단정한 편이었고 사람들과도 잘 어울렸다. 원희는 면회를 갈 때마다 조금씩 변해가는 그녀의 모습을 의외로 담담히 받아들이고 있다는 것을 어느 순간 깨달았다. 규석도 그런 듯했다. 시간이 흐르면서 자신도 모르게 마음의 어떤 끈을 조금씩 놓게 된 것일까. 그런데 어머님이 물려주신 진주 목걸이를 어디에 뒀더라. 다음에 하고 가면 알아보고 좋아하실까…… 여보세요. 원희는 자신을 부르는 목소리에 정신을 차리고 고개를 들었다. 수임이 웃음 띤 얼굴로 서 있었다.

신세계가 펼쳐진다더니 왜 그런지 알겠어.

안식년을 맞아 몇 주 전에 노안 수술을 받은 수임이

자신의 얼굴을 이리저리 훑어보며 말했다. 너무 잘 보여. 너무. 둘은 두피 관리를 받은 후 뿌리 염색을 하기 위해 거울을 마주하고 나란히 앉았다. 넌 하지 마.

왜?

눈도 건조하고 밤 운전도 힘들고.

그놈의 건조. 지겹다.

원희의 말에 수임이 웃었다. 그런데 그보다도, 너무 잘 보이니까. 늘어진 모공부터 잡티 하나까지.

잡티가 뭐 얼마나 있다고.

하여간, 넌 하지 마. 수임은 피곤하다는 듯 눈을 감았다. 원희는 거울로 수임의 얼굴을 잠깐 바라보다 자신에게로 시선을 옮겼다. 햇살을 받은 얼굴 라인이 적나라하게 드러나 있었다. 리프팅 시술을 받을 때가 됐나. 원희는 짧게 한숨을 내쉬었다.

최근 들어 원희는 수임을 따라 피부과에 가서 부지런히 관리를 받았다. 고객님을 누가 육십대로 보겠어요. 피부과 실장은 오늘도 원희에게 그렇게 말했다. 요즘은 기계들이 너무 잘 나와서 관리만 꾸준하게 하시면 전혀 그 나이로 안 보여요. 물론 고객님처럼 타고나는 게 사실 가장 중요하긴 해요. 여자는 마치 대단한 비밀을 말해준다는 듯 작게 속삭였다. 누구에게나 하는 말이라는 걸 알았지만 실장의 립서비스는 언제나 듣기 좋았다. 수임은 이 병원의

VIP였다. 수임은 피부과에서 받는 다양한 시술은 물론이고, 방학 때면 성형외과에서 지방 흡입이나 눈매 교정 같은 수술도 받았다. 수임이 나이에 비해 젊은 외모를 유지하는 비법이 요가라든가 채식 같은 것만이 아니라는 사실을 잘 알고 있었다. 그러나 수임이 안면 거상술 얘기를 꺼냈을 때에는 말려야겠다고 생각했다. 하지만 수임은 이미 결정을 내린 듯했다. 이게 다 노안 수술 때문이야. 자세히 보니까 얼굴에 주름이 많아도 너무 많고, 너무 처졌어. 이렇게 좀 올리면 훨씬 낫잖아. 수임은 손으로 이마를 땡겨 올려 보였다. 너 지금도 충분히 예뻐. 누가 육십대라고 하겠어. 원희는 그렇게 말하면서도 이런 말을 사십대부터 아니 어쩌면 삼십대부터 서로 주고받았다는 사실을 기억했다. 그 나이로 안 보인다는 말. 우리가 서른이라니 믿어지니. 우리가 마흔이라니. 아줌마라니. 오십이라니. 갱년기가 왔나 봐. 환갑? 환갑이 뭐니. 나 할머니 됐다.

우리 전에 그랬잖아. 원래 나이보다 딱 다섯 살만 젊어 보이자. 그게 제일 자연스럽고 좋은 거라고.

야, 내일모레면 다섯 살 젊어 보여도 육십이다.

수임이 떫은 얼굴로 말했고 잠시 후에 둘은 큭큭대며 웃었다.

미쳤지.

미쳤네.

원희는 관리실 침대에 누워 고주완의 리사이틀이 얼마나 남았는지 머릿속으로 계산해보았다.

고주완은 얼마 전 해외 콩쿠르에서 입상하며 티켓 파워가 급상승한 젊은 피아니스트였다. 그러나 처음 수임이 고주완의 연주회에 가자는 말을 했을 때만 해도 원희는 아무런 기대가 없었다. 수임의 말로는 입상 전에도 국내에는 이미 고주완 마니아들이 많았다고 했다. 걔가 아주 파워풀한 매력이 있어. 실력이야 말할 것도 없지만 그보다 뭐랄까, 어딘지 섹시하달까. 수임의 말에 원희는 고개를 저었다. 또 시작이네. 아들 같은 애한테. 아니, 그게 아니라, 너도 보면 알 거야. 원희는 수임의 말을 흘려들었다. 원희는 젊고 패기 있는 신인보다는 경지에 오른 중견 연주자가 자신의 취향이라 굳게 믿고 있었다. 어린 시절부터 백발의 노련한 연주자들이 훨씬 관능적으로 느껴졌다. 그날 원희는 공연 프로그램도 확인하지 않았다. 그저 나들이 가는 기분으로 따라나섰을 뿐이었다. 그런데 고주완은 달랐다. 그의 연주는 아름다웠다. 아니, 아름답다는 말로는 부족할 정도로 원희는 그의 연주에 매료되었다. 슈베르트로 시작해 쇼팽을 거쳐 버르토크 소나타가 시작되었을 때에 원희는 전율했다. 평소 버르토크는 거의 듣지도 않았는데 그 현란한 불협화음에 완전히 매혹되었다. 원희는 연주가 끝날 때까지 소리는 물론이고 그의 얼굴과 몸짓, 손가락과 관절의 작은 움직임까지 하나도 빼놓지 않고 담아두려 온 정신을 쏟아 집중했다. 앙코르까지 끝낸 고주완이 땀에 젖은 얼굴로 객석을 향해 인사하는 모습을 보며 원희는 오랫동안 갈채를 보냈다. 수임이 옆에서 그런 자신을 바라보며 웃고 있는 줄도 알아차리지 못했다.

와인 한잔만 하고 가자. 수임이 공연 뒷풀이에 함께 가자며 원희를 잡았다. 평소였다면 거절했을 테지만 원희는 시계를 보며 대답을 끌었다. 주완이 보고 가. 오늘 연주 좋았지? 거봐, 잘한다니까.

응, 잘하더라.

공연장 근처의 작은 와인 바에 몇몇의 관계자와 지인들이 모였고 서로 간단하게 인사를 나누었다. 연주복 대신 청바지에 푸른색 체크 셔츠를 입은 고주완이 도착했을 때에는 모두 일어나 박수로 맞았다. 옷차림 때문인지 무대 위에서 보았던 모습과는 달리 좀더 어리고 표정도 밝아 보였다. 소개의 시간이 시작되었다. 여기는 내 대학 동기이자 40년 절친, 오원희 여사님. 까다로운 분이신데 오늘 공연 보고 주완 님 팬 되셨대. 고주완의 시선이 자신을 향하자 원희는 가슴이 뛰었다. 그러나 감정을 숨긴 채 자연스러운 미소를 지어 보이는 일은 이제 원희에게는 쉬운 일이었다. 연주 너무 좋았어요. 특히 버르토크. 주완이 원희의 말에 활짝 웃으며 고개를 숙였다. 아유 감사합니다. 버르토크 매력 있죠. 둘의 대화는 그것으로 끝이었다. 사람들 사이에서 주완은 무척 활달하고 사교적으로 보였다. 연주할 때의 모습과는 전혀 달랐다. 긴장이 풀려서일까, 아니면 평소의 모습인가. 그것도 아니면, 그저 낯선 이들과 있을 때 의례적으로 나오는 태도일 뿐일까. 원희는 사람들의 말이 귀에 들어오지 않았다. 주완의 옆에는 주완과 비슷한 또래의 젊은 여자가 앉아 있었다. 원희는 주완과 여자를 훔쳐보느라 수임의 말에도 건성으로 답했다. 주완과 간혹 눈이 마주칠 때마다 원희는 아무렇지 않게 시선을 돌렸지만 겨드랑이에서 땀이 났다.

술자리가 끝난 후 인사를 나누며 무슨 학교 이사장이라는 노신사가 주완에게 악수를 청했다. 훌륭한 연주자의 좋은 기를 받는다며 기뻐했다. 그러자 너도 나도 악수를 청했다. 수임은 고주완의 등을 토닥이며 가벼운 포옹까지 해주었다. 원희는 그 모습을 옆에서 가만히 보고 있었다. 내 친구한테도 악수 한번 해드려. 수임의 말에 주완이 공손하게 손을 내밀었고 원희는 그의 손을 반쯤 잡았다 금방 놓았다. 둘은 잠깐 눈이 마주쳤고 원희는 고개 숙여 인사했다. 주완은 옆에 있던 여자와 함께 자리를 떴다. 원희는 둘의 뒷모습에서 시선을 떼지 못했다. 여자는 허리 라인이 드러나는 타이트한 블라우스에 고주완과 마찬가지로 청바지 차림이었다. 뒤태는 군살 없이 꼿꼿했고 머리를 쓸어 넘기자 길고 풍성한 생머리가 탄력 있게 흔들렸다. 수임이 원희의 어깨를 툭 쳤다. 완전히 반했네. 수임이 빙글거리며 원희를 보고 있었다.

집으로 돌아가는 길에 휴대폰을 확인해보니 규석에게서 문자가 와 있었다. 어디야? 한 시간도 더 전에 온 문자였다. 원희는 전화를 하려다 답을 남겼다. 지금 가는 중. 집에 도착할 때까지 규석도 원희도 더 이상 연락하지 않았다.

원희는 그날 밤 쉽게 잠들지 못했다. 휴대폰으로 고주완을 검색해 그의 이력과 기사를 샅샅이 훑었다. 일반적인 영재들보다 조금 늦은, 초등학교 고학년 때부터 피아노를 시작했다는 점을 제외하면 예술 중·고등학교를 거쳐 예술 종합대학에 들어가 국내외 콩쿠르에 입상하며 인지도를 높이게 된 전형적인 케이스였다. 작년부터 베를린 거주. 서른두 살. 미혼. 유나보다 다섯 살이나 어리네. 그리고 나보다는…… 원희는 그런 생각을 하다 씁쓸하게 웃으며 고개를 저었다. 수임의 말처럼 고주완은 이미 팬이 많았다. 180센티미터가량 되는 키에 마른 것도 근육질도 아닌, 적당하게 살집이 있는 체격이었다. 전형적인 미남이라고 할 수는 없었으나 코가 얼굴의 비율에 맞게 오뚝하게 솟아 있어 보기 좋았다. 웃지 않을 때에는 차갑게 보이는 쌍커풀 없는 눈도 매력적이었다. 그리고 파워풀한 연주에 비해 결코 과하지 않은 그 절제된 표정, 조명을 받아 부드럽게 빛나는 섬세한 손가락의 흐름과 그에 따라 반응하는 팔과 어깨의 움직임. 때로는 강하게, 때로는 부드럽게…… 원희는 그 모든 것에 마음을 빼앗겼다. 길에서 지나쳤다면 아무런 눈길도 끌지 못했을, 어떤 직업을 가졌다 해도 수긍할 만큼 평범하다면 또 평범한 외모였지만 어디에 그런 섬세하고 열정적인 예술 감각이 숨어 있는 것인지, 원희는 그러한 간극이 더 마음을 끌었는지도 모르겠다고 생각했다. 무엇보다 저토록 힘 있고 유려한 연주 실력과 나이에 비해 탁월한 곡 해석 능력에…… 아니다. 원희는 스스로를 속이고 있다는 것을 알았다. 사실은 연주가 시작되기 전부터 이미 그에게 매혹되었다. 그가 무대에 모습을 드러내자마자. 그런 식으로 누군가에게 끌릴 수도 있다는 것을 아주 어릴 적에도 이미 알고 있었던 것 같은데. 너무 오랜 시간 잊고 지낸 감각이었다.

고주완의 팬 카페가 있다는 것을 알고 원희는 며칠간 가입을 심각하게 고민했다. 다 늙어서 이게 도대체 뭐 하는 짓인가 싶은 마음에 휴대폰을 끄고 켜기를 반복했다. 원희는 유튜브에서 고주완의 연주 동영상을 찾아보기 시작했다. 인터뷰와 기사도 빠짐없이 찾아보았다. 마음에 드는 인터뷰는 몇 번이나 다시 보았다. 고주완의 얼굴이 클

로즈업된 사진은 휴대폰에 저장했다. 고주완은 버르토크나 프로코피예프 같은 20세기 작곡가를 특히 애정하는 듯했다. 원희는 불협화음에 매력을 느끼지 못했다. 기승전결이 있는 고전적인 곡들을 선호했다. 그런데 고주완의 공연 이후로 달라졌다. 원희는 이렇게 단번에 취향이 다른 쪽으로 열리는 경험을 해본 기억이 없었다. 원희는 고주완의 모든 앨범과 버르토크, 프로코피예프의 시디를 주문했다. 그리고 유튜브로 종일 고주완의 연주와 20세기 작곡가들의 피아노 소나타와 콘체르토를 반복해서 들었다. 하루가 금방 지나갔다. 어느 날은 규석이 한마디 던졌다. 뭐 이런 걸 들어?

이제 20세기 음악을 좀 들어보려고.

음악은 20세기가 최고지. 팝 마니아인 규석이 웃으며 물었다. 당신 아직도 멜론 안 하지?

뭘 한다고? 멜론을 해?

규석이 웃으며 돋보기를 끼고 원희의 휴대폰을 가져갔다. 남의 휴대폰은 왜? 원희는 짜증을 숨기지 않았다. 가만 있어봐. 이 멜론은 먹는 게 아니라 듣는 건데……

아니, 시디 주문했어. 오기 전까지만 듣는 거야. 그러나 규석은 가만 있어보라는 말만 반복하며 원희의 휴대폰을 들고 이것저것 눌렀다. 원희는 규석이 자신의 휴대폰을 만지는 것이 불안했다. 잘못한 것도 없는데. 아, 싫어. 이리

줘. 원희는 규석의 손에서 휴대폰을 빼앗았다. 규석이 돋보기 너머로 원희를 올려다보았다. 왜 그래?

프라이버시라는 게 있는 거야. 내가 당신 휴대폰 보는 거 봤어?

규석은 피식 웃었지만 기분이 상한 표정이었다.

결국 원희는 고주완의 팬 카페에 가입했다. 눈을 뜨면 카페부터 들어가보았다. 고주완에 관한 정보가 가장 빨리 업데이트 된다는 점이 좋았고 무엇보다 익명 활동이 가능한 것이 마음에 들었다. 카페에서 사람들은 고주완과 관련된 글뿐만 아니라 다른 클래식 공연 정보나 관람 후기, 음악 취향, 심지어 일상까지 공유했다. 원희는 하루에도 몇 번씩 카페를 들락거렸다. 카페는 가입 인사를 쓰고 정해진 댓글 개수를 채워야 등급이 올라가 모든 게시물을 볼 수 있는 시스템이었다. 원희는 자신의 개성을 최대한 지우고 가장 일반적인 내용으로 글을 올렸다. 존재감을 지우고 고주완에 관한 정보만 얻는 것이 원희의 처음 목적이었다. 그러나 등업을 위해 달았던 의무적인 댓글에도 반응을 보여주는 이들이 있었다. 사람들은 대체로 유쾌했고 글을 맛깔나게 쓰는 이들도 많아 점점 새로운 소식들이 기다려졌다.

카페 등급이 업그레이드 된 후에도 원희는 댓글을 달았다. 처음에는 간단한 댓글 하나도 썼다 지우기를 반복했던 것과 달리 이제는 좋아하는 곡이나 감상을 직접 올리기도 했다. 그리고 사람들의 반응을 기다렸다. 자신의 글에 회원들이 흔적을 남기는 것을 보면 무언가 의미 있는 일을 하는 기분이었다. 무엇보다 고주완에 대한 애정을 마음껏 표현할 수 있는 것이 좋았다. 고주완과 같은 테이블에 앉아 술을 마신 적이 있다는 이야기를 하면 사람들은 어떤 반응을 보일까. 그러나 그 이야기는 참기로 했다. 원희는 아침에 눈을 뜨면 전과 달리 무언가 기대하는 마음이 생겼다. 매일 고주완의 앨범을 반복해서 들었고, 유튜브 연주 동영상이나 인터뷰는 아무리 보아도 질리지 않았다. 햇살이 내리쬐는 거실 창가에 서서, 어느새 짙어진 녹음을 보면 이유 없이 웃음이 났다. 남편의 코 고는 소리도 크게 신경쓰이지 않았다. 수면제를 먹지 않아도 쉽게 잠에 들었다.

고주완은 아직 미혼이었으나 약혼녀가 있다고 했다. 네 살 연상의 발레 전공자라는 말부터 베를린에서 만난 유학생이라는 설 등이 있었으나 정확한 이야기는 아무도 모르는 것 같았다. 원희는 술자리에서 보았던 긴 머리의 여자를 떠올렸다. 고주완 애인 있어? 무심함을 가장한 채 수임에게 물은 적이 있다. 수임이 놀리면 뭐라고 대답할지까지 생각해두었다. 그러나 수임은 무심하게 답했다. 응? 약혼자 있다고 들었는데.

그래?

원희의 표정이 미묘하게 변하는 것을 보고 수임이 웃으며 말했다. 단단히 빠졌네. 리사이틀 티켓 구해줘?

원희는 습관적으로 아니라고, 무슨 말이냐고, 설레발을 치려다 티켓이라는 말에 급히 마음을 바꾸었다. 정말? 같이 가. 그리고 수임에게 고백했다. 나 사실 개 팬 카페도 가입했다? 미쳤지? 수임이 웃었다. 그랬어? 그게 뭐 어때서.

나 이런 적 처음이야. 너 나 알잖아.

응, 알지. 그런데 처음은 아닐걸? 옛날에도 그런 적 있었던 거 같은데.

내가? 딴 사람이랑 착각하는 거 아냐?

원희는 콘서트홀 회원 우선 티켓 오픈 날에 맞추어 R석 예매 완료라는 글을 팬 카페에 올렸다. 친구 덕이라는 말은 숨겼다. 누군가는 자신도 성공했다는 글을, 누군가는 아쉽다, 부럽다는 글을 달았다. 원희는 뿌듯한 마음으로 사람들의 반응을 즐겼다. 규석은 누구를 덕질하기 시작한 거냐고 물었다. 덕질이 뭐야? 규석이 소리 내어 웃었다. 그게 뭐냐면…… 이런저런 설명을 해주는 규석의 얼굴을 보았다. 입가에 깊은 주름이 패어 있었고 볼에는 희미하게 올라온 검버섯이 보였다. 그에 비해 머리칼은 너무 검었다. 예전에는 원희가 염색 좀 하라고 잔소리를 해도 상관

없다던 사람이었다. 언젠가부터 규석은 3주에 한 번씩 미용실에 가서 꼬박꼬박 두피 관리와 천연 염색을 받고 왔다. 당신도 해? 덕질? 원희가 물었다. 나? 나야 자전거지 뭐.

그것뿐이야 정말?

당신은 누군데? 요즘 맨날 듣는 그 피아니스트?

응. 궁금해?

원희는 고주완의 영상을 찾아 보여주었다. 규석은 10초 정도 보고는, 고개를 끄덕이고 금방 딴짓을 했다. 당신은 누구야? 있을 거 같은데. 말해봐, 얼른. 규석은 그런 거 없다며 허허 웃기만 했다. 내가 다른 남자 좋아해도 당신은 안 싫어? 원희가 눈을 흘기며 물었다. 싫기는, 다 늙어서 뭐.

그 말 좀 그만할 수 없을까? 말끝마다 툭하면 다 늙었대, 지겹지도 않냐? 원희가 발끈했다. 아니, 당신은 아직 젊지…… 예쁘고…… 그냥 하는 말이지 뭘 그렇게…… 규석은 횡설수설 말을 주워 담으며 원희의 눈치를 보았다. 그런 규석을 화난 얼굴로 바라보다 원희는 갑자기 웃음을 터뜨렸다. 규석은 영문을 모르겠다는 듯 따라 웃으며, 오춘기야 뭐야, 육춘긴가, 하는 썰렁한 농담을 하고는 입맛을 다셨고 원희는 손가락으로 눈물을 찍었다. 규석을 놀려먹은 것이 너무 우스워서 못 참겠다는 듯. 그러다 웃음기를 싹 지우고 규석에게 말했다. 당신은 덕질인지 뭔지 하지

마. 다 죽일 거야. 원희의 말에 규석의 눈이 커졌다. 원희는 남편의 얼굴을 잠깐 응시하다 금방 다시 웃기 시작했다. 죽이긴 뭘 죽여. 놀라기는.

어머니 발목을 삐끗하셨대. 규석의 형에게서 연락이 온 것은 본격적인 여름을 알리는 소나기가 쏟아지던 날 늦은 오후였다. 최근 몇 달간 시모의 건강이 좋지 않았다. 한 달 전쯤 찾아갔을 때에 시모는 원희를 금방 알아보지 못했다. 이 사람은 누군가? 하는 눈빛으로 자신을 응시하던 시모의 텅 빈 표정에 가슴이 내려앉았다. 아, 너구나. 그 말에 원희는 얼마나 안도했던가. 규석을 다른 사람으로 착각하는 일도 한두 번 있었다. 간병인의 말에 따르면, 최근 들어 부쩍 밤중에 나가겠다고, 급히 가야 할 곳이 있다고 고집을 피울 때가 있다고 했다. 특이 증상은 아니고, 일반적인 겁니다. 날이 따뜻해지면 많이들 그러세요. 의사 선생님도 괜찮다고 하셨어요. 너무 걱정하지 않으셔도 되고요. 식사도 잘 하시고 연세에 비해 다른 부분은 양호한 편이시니까. 담당 조무사는 별일 아니라는 듯 덤덤하게 말했다. 저 사람은 하루에 저런 말을 몇 번이나 할까. 원희는 조무사의 얼굴을 보며 생각했다. 잘 부탁드립니다. 부부는 죄인처럼 고개 숙여 인사하고 발길을 돌렸다. 그런 날에는 돌아오는 차 안에서 둘 다 말이 없었다. 그저 가끔씩 한숨을 나눌 뿐이었다. 그런데, 발목을 삐었다니. 화단에 얕은 담 같은 게 있는데 거길 잘못 디디셨다나 봐. 그래도 골절 안 된 게 어디야. 규석은 길게 한숨을 내쉬었다. 입가 주름이 한층 더 깊어 보였다. 당신, 입가 리프팅 좀 해야겠다.

뭐라고?

아니야. 그럼 어떻게 해야 돼?

입원까지는 안 해도 된다니 다행인데. 그냥 뭐, 당분간 휠체어지.

걱정이네. 식사라도 잘 드셔야 할 텐데.

아, 내일 내가 가본다고 했어. 형수가 갑자기 또 아프다네. 장염이라는데, 여름에 회를 왜 먹나 몰라.

이번 주 면회는 원희네 차례가 아니었다. 내일은 유나를 만날 예정이었다. 다음 달로 다가온 출산을 앞두고 간만에 세 식구만 만나 식사를 할 예정이었다. 그다음 날은 고대하던 고주완의 리사이틀이 있었다. 시모와 관련된 전화가 올 때마다 걱정이 앞섰지만 이번에는 리사이틀 생각이 먼저 떠올랐다. 못 가게 되면 어쩌지. 마음을 숨길 수 있어서 다행이라는 생각을 하며 걱정스러운 얼굴로 규석을 바라보았다.

약속을 미루기 위해 유나에게 연락을 했을 때, 유나는 자신도 요양원에 함께 가겠다고 했다. 할머니 못 뵌 지 너무 오래됐잖아. 내일 아니면 언제 만날 수 있을지도 모르고.

원희 부부는 다음 날 일찍 딸을 데리러 갔다. 거의 한 달 반 만에 만난 유나는 만삭에 살이 오른 모습이었다. 이번엔 손발도 너무 많이 부어. 장갑 낀 거 같아. 유나는 양손을 들어 보이고는 웃으며 말했다. 원희는 딸의 살찐 모습보다 아무렇게나 묶은 머리에 눈이 갔다. 그러나 피부는 매끄럽게 빛났다. 유나는 원래 외모에 크게 관심이 없었다. 나 임신 체질인가 봐. 임신만 하면 피부가 엄청 좋아져. 근데 이번엔 허리가 너무 아픈 거 있지. 확실히 전이랑 달라. 유나는 이마를 찌푸리며 투정 부리듯 말했다. 도대체 너희는 무슨 생각으로 또 애를 가져서 이 고생을…… 원희는 목까지 올라오는 잔소리를 애써 삼키고 짐짓 밝은 얼굴로 말했다. 할머니 뵙고 나오면서 맛있는 거 먹자.

서울에서 한 시간 반 정도 떨어진, 요양원이 있는 해안 도시에 들어서면 바다를 보기도 전에 차창으로 들어오는 특유의 내음을 맡을 수 있었다. 유나는 그것을 미역 냄새라고 했다. 엄마, 근데 오늘따라 유독 진하지 않아?

난 모르겠는데?

나지, 왜. 확 나는데.

규석이 운전하는 동안 끼고 있던 선글라스를 벗으며 딸의 편을 들었다. 서울에서 일기 예보를 확인하고 출발했는데도 예상과 달리 하늘에는 먹구름이 짙게 내려앉아 있었다. 어떤 녀석이길래 막달까지 괴롭히나 몰라. 아주 나오기만 해봐라. 유나는 내렸던 창을 올리며 혼잣말하듯 중얼거렸지만 원희는 자신에게 들으라고 하는 말이라는 것을 알았다. 그러나 원희는 아무 말도 하지 않았다. 몇 초간의 짧은 침묵이 지난 후 규석이 허허 웃으며 딸이 원하는 답을 대신 해주었다. 제일 야무질 거야. 언니들 다 이겨 먹을걸. 얼마나 예쁠까.

……건강하기만 하면 되지 뭐. 원희가 마지못해 겨우 덧붙였고 유나는, 응, 하고 말았다.

시모는 잠들어 있었다. 불과 한 달 새 부쩍 작아진 시모의 모습에 원희는 내심 놀랐다. 이불을 들추자 붕대를 감은 작고 여윈 발이 보였다. 시모의 잠든 얼굴은 무방비 상태였다. 살짝 벌어진 입가에는 침이 말라붙어 있었다. 창백하고 주름진 얼굴로 시모는 숨을 내쉴 때마다 푸, 푸, 하는 소리를 냈다. 유나는 할머니 옆에 가서 가만히 얼굴을 들여다보다 금방 눈물을 떨구었다. 규석은 유나의 어깨를 토닥였다. 괜찮아. 깨시겠다. 나가 있자.

규석은 상담을 하러 가고 원희와 유나는 정원에 나와 벤치에 나란히 앉았다. 가족들과 함께 테이블에 둘러앉아 담소를 나누는 이들부터 짝을 지어 한가롭게 산책을 하고 웃으며 수다를 떠는 노인들도 보였다. 전에 왔을 땐 우리도 저랬는데. 1년도 안 됐잖아. 그새 너무 많이 변했어. 유나가 가라앉은 목소리로 말했다. 괜찮아지실 거야. 원희가 다독였다. 할머니 연세가 이제 몇이지?

이제, 여든여섯이네.

아까 할머니 얼굴을 보는데, 할머니가 여잔지 남잔지도 모르겠는 거야. 그게 너무 슬픈 거야. 유나는 또다시 울먹였다. 우리 할머니가 어떤 분이셨는데. 유나는 손으로 연신 눈물을 닦았다. 원희는 가방에서 손수건을 꺼내어 딸에게 건넸다. 너 이럴 줄 알았으면 같이 안 오는 건데. 유나는 눈물을 훔친 후 코맹맹이 소리로 말했다. 아니야, 잘 왔어. 후회하는 것보다는 나아. 마치 시모가 돌아가실 날이 얼마 남지 않았다는 말처럼 들렸다. 나중에 애들 보여드리러 또 와야지. 원희의 말에 유나는 아무 대답도 하지 않았다.

요 며칠 잠도 잘 못 주무셔서 처방받은 진정제를 간혹 드린다네. 아무래도 발이 불편하니까 더 그렇겠지…… 규석의 얼굴이 수척해 보였다. 우리 나가서 점심 먹고 올까? 유나 너 전에 게장 먹고 싶다고 했지? 원희는 상담 내용을 자세히 묻는 대신 다른 말을 꺼냈다. 그게 언젠데. 지금은 별로야. 유나는 원희를 쳐다보지도 않고 말했다. 엄마 먹고 싶은 데로 가. 나 어차피 이젠 많이 먹지도 못하고 입맛도 없어. 유나는 이마를 살짝 찌푸린 채 부푼 배를 쓰다듬었다.

셋은 해안가에 늘어선 식당가를 지나며 간판을 훑었다. 잠시 뒤에 유나가 물었다. 해물수제비가 뭐야? 규석은 식당 앞에 차를 세웠다. 주말임에도 식당 안은 한산했다. 주문한 음식이 나오기를 기다리는 동안 셋은 별 말이 없었다. 규석은 사위와 손녀들의 안부와 출산 예정일 따위를 물었다. 차 안에서도 이미 한 얘기들이었다. 잠시 후, 커다란 양푼만 한 그릇에 홍합과 게, 낙지, 전복 등이 수북이 올라간 해물수제비가 나왔다. 규석이 앞 접시에 음식을 덜어주었다. 나 이런 수제비는 처음 먹어봐. 유나는 좀 전과 영 딴판으로 입맛을 다시며 국물을 떠 먹었다. 와, 맛있다. 속이 확 풀리네. 음식을 맛있게 먹는 딸의 모습에 부부는 눈빛을 교환하며 슬며시 웃었다. 식사를 마치고 규석이 커피를 한잔 하자고 했다. 셋은 바다가 보이는 카페에 자리를 잡았다. 하늘이 흐려서인지 바다는 회색빛에 가까웠다. 바다는 바다라는 이름이 정말 잘 어울리는 거 같아. 유나가 말했다. 그러네. 규석이 웃으며 동의했다. 파도도 그렇다. 나무도. 바람도. 구름도. 설탕이랑 소금도. 셋은 돌아가며 생각나는 것들을 말했고 서로 웃으며 고개를 끄덕였다. 유나도 유나라는 이름이 잘 어울리지 않아? 원희가 묻자, 유나가 고개를 갸웃했다. 그런가? 그럼 엄마는? 엄마는 원희가 잘 어울리는 거 같아? ……할머니는 현복이라는 이름이 어울리나? 송현복 여사님. 예전에는 너무 잘 어울렸는데 이제는 그냥 너무 슬픈 이름이 돼버린 거 같아. 유나는 다시 울먹였고 원희는 서둘러 자리에서 일어섰다. 너 호르몬 때문인 거 알지. 그만 울어. 애기 힘들다.

시모는 다행히 깨어 있었다. 몸을 일으켜 침대에 기댄 채 간병인이 주는 죽을 먹고 있었다. 셋이 방에 들어서자 시모는 고개를 돌려 바라보았다. 응, 왔니? 그 말에 원희는 마음이 탁 풀렸다. 아니, 꽃밭에 튤립이 한창이잖아. 너희도 봤지? 그 짙은 남색 튤립은 잘 없잖아. 그런데 내가 그 향이 어떤지 갑자기 너무 궁금한 거야. 뭐 그렇게 된 거지. 발을 딱 이렇게 디디는데. 시모는 또박또박 말하며 고개를 저었다. 스스로가 한심하다는 표정으로.

금방 괜찮아져요. 살짝 접질린 거라. 규석이 시모의 다리를 주무르며 말했고 시모는 고개를 들어 창을 보며 작게 말했다. 금방? 금방이라고……

셋은 시모를 휠체어에 태우고 정원으로 산책을 나갔다. 기온이 높은데다 날이 흐려 후텁지근했지만 실내보다는 숨이 트였다. 유나는 할머니의 손을 잡고 이런저런 이야기를 늘어놓았다. 원희는 유나가 또 갑자기 울음을 터뜨릴까 봐 염려스러웠다. 그런데, 넌 애를 왜 자꾸 낳아? 시모의 뜬금없는 질문에 유나가 눈을 동그랗게 뜨고 할머니의 표정을 찬찬히 살피며 대답했다. 할머니, 난 외동인 게 너무 싫었잖아. 애들이 좋아요. 많을수록 좋아. 봐줄 사람만 있으면 넷도 좋을 거 같아. 원희가 어이없다는 듯 유나를 보았다. 그러나 유나는 원희의 눈길을 모른 척했다. 그럼, 이제 일은 못 하겠네? 시모가 물었다. 역시 우리 할머니, 나 일한 것도 기억하시네. 애들 좀 키워놓고 다시 해야죠. 시모가 피식 웃었다. 그게 되나. 그렇게 말하는 시모의 얼굴은 원희가 전에 알던 표정 그대로여서 자신도 모르게 웃음이 났다. 치, 뭐 엄마는 나 하나 낳고도 일 안 했잖아요? 난 아니라니까. 두고 보세요. 유나는 할머니를 보며 말했지만 원희 들으라고 하는 말이라는 것을 알았다. 시모는 유나를 잠깐 동안 빤히 보았다. 그러다 천천히 웃으며 유나의 배를 쓰다듬었다. 그래, 그래. 잘했어요. 근데…… 남편이랑 그게 엄청 좋은가 보네요. 시모의 말에 셋은 금방 얼굴이 굳었다. 유나는 어색하게 웃으며 자신의 배 위에 놓인 할머니의 손을 들어 잡았다. 우리 할머니 재밌어졌네, 하여간 얼른 나으세요. 알겠죠? 유나는 손녀가 할 만한 말들을 두서없이 늘어놓았고 규석은 휠체어 뒤에 가서 섰다. 이제 들어가자. 비 올 거 같다.

시모를 다시 방으로 옮긴 후 유나는 화장실에 가고 싶다고 했고 원희가 함께 일어섰다. 배가 불러 뒤뚱이며 걷는 유나의 팔을 잡아주자 유나는 원희에게 몸을 기대 왔다. 엄마, 아까는 그냥 한 말이야. 알지?

무슨 말?

아니, 나 하나 낳고 일을 안 하고 뭐라 뭐라 한 거.

아, 그거. 생각도 안 하고 있었어. 괜찮아.

괜찮아?

응. 난 그냥 싫었거든. 싫어서 일 안 한 거야. 전에 말하지 않았니?

근데……그럼 왜 애도 더 안 낳았어?

그것도 싫어서. 우울증 왔다고 했잖아. 애는 알면서 왜 자꾸 물어봐?

시모는 눈을 감은 채 규석의 책 읽는 소리를 듣고 있었다. 평소에도 오디오북을 잘 듣는다고 간병인이 알려주었다. 예전에 부군께서 자기 전에 책을 많이 읽어주셨다던데요. 원희는 처음 듣는 이야기였다. 규석은 원희에게 눈짓을 했다. 원희와 유나는 입을 다물고 소파에 조용히 앉았다. 유나는 금방 졸기 시작했다. 원희는 유나에게 어깨를 내어주고 휴대폰을 켰다. 고주완의 팬 카페에 들어가 새 글을 확인했다. 내일 드디어 볼 수 있는 건가요? 사람들의 글을 읽는 원희의 얼굴에 미소가 떠올랐다. 원희는 고개를 들어 방 안을 둘러보았다. 약하게 에어컨이 나왔지만 공기가 탁하게 느껴졌다. 이곳을 벗어나고 싶었다. 빨리 집으로 돌아가고 싶었다. 그러나 남편의 목소리는 계속 이어졌다. 책 한 권을 다 읽을 작정인가, 힘들지도 않나, 생각하다 원희도 가물가물 잠에 빠졌다. 그러다 무언가 떨어지는 소리에 원희는 화들짝 깨어났다. 책이 바닥에 떨어져 있었다. 어머니, 어머니. 저예요, 둘째. 규석의 난감한 목소리가 들렸다. 낯설고 기묘한 광경이 원희의 눈에 들어왔다. 원희는 눈앞에 펼쳐진 장면이 무엇을 의미하는 것인지 잠깐 동안 이해하지 못했다. 시모가 규석의 손을 쥐고 손가락을 입안에 넣어 빨고 있었다. 원희는 시모와 눈이 마주쳤다. 시모의 눈이 탐욕스럽게 번뜩였다. 처음 보는 눈빛이었다. 규석은 힘을 써서 급히 손을 빼내고는, 딸과 아내를 돌아보았다. 원희는 지금껏 남편의 그런 얼굴을 본 적이 없었다. 당황과 비참이 뒤섞인 얼굴. 규석은 무슨 말인가 하려 입을 달싹였으나 아무 말도 하지 못했다. 뭐라 말할 수 없는 표정이라는 게 저런 것인가 생각했다.

집으로 돌아오는 차 안에서 유나는 멀미가 난다고 했다. 수제비에 조미료가 많이 들어갔나. 너무 많이 먹었나 봐. 규석은 잠깐씩 차를 세웠고 원희는 유나의 등을 쓸어내려주었다. 아, 얘는 갑자기 이렇게 발로 찬다니까. 엄청 세게. 유나가 자신의 배를 내려다보았다. 유나의 부른 배가 기묘하게 꿀렁이는 것이 눈에 보였다. 원희는 딸의 배 위에 가만히 손을 올렸다. 손바닥에 강한 태동이 느껴졌다. 옆구리에 오소소 소름이 돋았지만 아무렇지 않다는 듯 천천히 손을 떼었다. 막내가 힘이 대단하네. 일부러 '막내'라고 강조해서 말했지만 유나는 그저 희미한 미소를 지을 뿐이었다. 집에 다다랐을 때, 유나가 잠깐 올라가서 손녀들을 보고 가지 않겠냐고 물었으나 부부는 고개를 저으며 손을 흔들었다. 다음에. 유나가 예의상 해본 말이라는 것을 알고 있었다.

규석은 저녁도 먹는 둥 마는 둥 했다. 함께 소파에 앉아 뉴스를 보았으나 원희는 규석이 아무것도 보고 있지 않다는 것을 알았다. 술 한잔 할까? 원희가 물었지만 규석은 고개를 저었다. 내일 라이딩 있어서. 둘은 일찍 잠자리에 들었다. 그러나 규석은 간간이 한숨을 내쉬며 몸을 뒤척였다. 누구로 착각하신 걸까? 원희가 침묵을 깼다. ……모르지. 규석은 길게 한숨을 내쉬었다. 그러실 수 있어. 솔직히 그렇잖아, 사람인데. 규석은 말이 없었다. 한참 후에 규석이 작게 말했다. 처음엔 너무 놀랐는데, 이제 마음이 너무 아프네. 왜 아픈가 생각해봤는데, 어머니가 자신이 무슨 짓을 했는지 알면 어떤 심정일까, 그런 생각이 자꾸 들어서. 규석의 목소리가 떨렸다. 여보, 어머님은 이제 모르셔 그런 거. 원희는 규석에게 바짝 다가가 가슴을 토닥여주었다. 어머님은 이제 그냥…… 사람이야. 우리가 아끼는 사람. 전에 알던 어머님은 잊어야 돼. 규석은 돌아누웠다.

너는 그게 되니…… 원희는 규석이 울고 있다는 것을 알았다. 시모의 눈에 규석은 누구로 보였던 것일까. 그녀의 마지막 섹스 상대는 언제, 누구였을까. 원희는 규석의 등을 쓸어내리며 생각했다. 이 사람과 마지막으로 했던 때가 언제였더라. 그러다 또다시 고주완이 떠올랐다. 내일 리사이틀에는 뭘 입고 가지. 각자 조금 다른 이유로 뒤척이던 부부는 수면제 한 알씩을 먹고서야 겨우 잠이 들었다.

원희는 정성껏 화장을 하고 아끼는 원피스를 꺼내 입었다. 몇 번이나 거울로 자신의 모습을 점검하고 귀걸이도 여러 번 바꾸었다. 콘서트홀 안은 이미 관객들로 북적였다. 지금껏 수많은 공연을 보러 다녔지만 오늘은 유독 관객들에게 눈길이 갔다. 프로그램 브로슈어를 펼쳐 보며 앉아 있는 사람들, 한껏 꾸민 차림으로 삼삼오오 모여 사진을 찍고 수다를 떠는 이들이 모두 팬 카페 회원들로 보였다. 회원들은 함께 만나서 공연을 보기도 했다. 그러면서 서로 얼굴을 익히고 사적으로 친분을 쌓기도 하는 모양이었다. 원희도 그들을 만나고 싶은 마음이 생겨났다. 하지만 그런 식으로 사람들을 만나 친해진다는 게 상상이 잘 되지 않았다. 공연 시작까지는 아직 30분 정도 남아 있었다. 원희는 수임을 기다리다 밖으로 나왔다. 길어진 햇살이 나무들을 휘감고 있었다. 공연장 바깥에는 고주완의 얼굴이 크게 인쇄된 포스터가 붙어 있었다. 원희는 숨을 깊게 들이마셨다. 원희에게서 조금 떨어진 벤치 주위에서 큰 소리로 이야기를 나누는 젊은 남녀 무리가 보였다. 짧은 스커트에 팔이 드러난 셔츠. 누군가 농담을 던졌는지 무리는 동시에 크게 웃음을 터뜨렸다. 그 모습이 못 견디게 아름다웠다. 가슴 깊은 곳에서 질투심이 솟아났다. 하지만 시간은 누구에게나 공평하니까. 나도 저런 때가 있었던가? 저들도 지금 자신들이 얼마나 아름다운지 모를까. 무심할까. 원희는 한동안 그들에게서 눈을 떼지 못했다. 그들이 무지하기를 바랐다. 실수를 반복하고 좌절하기를. 그리고 후회하기를. 내가 그랬던 것처럼.

수임은 공연 시작이 임박해서 도착했다. 결국 얼마 전에 안면 거상술을 받았다고 들었는데 아니나 다를까 모자에 마스크를 쓴 모습이었다. 둘은 급히 공연장으로 들어가 자리에 앉았다. 어차피 오늘은 공연만 보고 갈 거니까. 술도 못 마시고 집에만 있었더니 답답해서 못 참겠다. 수임은 손수건을 꺼내어 땀을 닦았다. 마스크를 내린 수임의 얼굴은 부어 있었고 귀 윗부분으로 흉터가 길게 나 있었다. 화장을 진하게 한 얼굴이 땀으로 번들거렸다. 볼 아래에는 짙은 화장으로도 감추지 못한 멍이 보였다. 흉터는 몇 개월 지나야 된대. 그래도…… 참아야지. 수임은 아무렇지 않게 말했지만 지친 표정이었다. 그래, 그래. 잘된 거 같은데? 10년은 젊어 보이겠다. 원희는 마음과는 다른 말을 했다.

객석의 불이 꺼지고 무대 위에 고주완이 모습을 드러냈다. 원희는 심장이 뛰는 소리를 들었다. 고주완의 연주가 시작되자 가슴이 벅차올라 눈물이 날 것 같았다. 원희는 고개를 살짝 들어 올려 천장을 응시했다. 객석이 어두워서 다행이라고 생각했다. 고주완은 두 번의 앙코르까지 끝내고 객석을 향해 환한 웃음을 지어 보였다. 원희는 자신도 모르게 따라 웃으며 손이 아프도록 박수를 쳤다. 다른 관객들처럼 기립 박수를 보내고 싶었지만 차마 일어서지는 못했다. 고주완이 퇴장했고 원희는 그가 사라질 때까지 눈을 떼지 못했다. 객석에 불이 들어왔다. 수임과 원희는 공연장 밖으로 나왔다. 잠깐 인사라도 하고 갈래? 수임이 물었다. 너 괜찮아? 원희는 되물었으나 올라가는 입꼬리를 숨길 수 없었다. 가자. 원희와 수임은 함께 화장실에 들러 손을 닦고 화장을 고쳤다.

대기실 앞에는 꽤 많은 사람이 모여 있었다. 이삼십대로 보이는 젊은이들과 중년의 남녀, 그리고 백발의 노부인과 노신사도 한둘 보였다. 그들은 꽃다발이나 선물을 든 채 비슷한 표정으로 고주완을 기다리고 있었다. 수임과 인사를 나누는 이들도 몇몇 있었다. 그들이 수임의 얼굴을 쳐다보는 눈빛을 원희는 보았다. 수임 역시 모르지 않았을 테지만 아무렇지 않은 듯 자연스럽게 웃고는 고개를 돌렸다. 꽃이라도 한 다발 사올 걸 그랬네. 원희가 말하자, 꽃다발 선물 젤 싫어해. 수임이 툭 던졌다. 가까이에 서 있던 하이힐을 신은 젊은 여자가 수임을 흘끗 쳐다보았다. 그녀의 손에는 파스텔 톤으로 고급스럽게 포장된 커다란 꽃다발이 들려 있었다. 원희가 수임의 팔을 잡으며 조용히 하라는 눈짓을 했다. 그런데도 수임은, 꽃 선물은 어차피 다 가져가지도 못해. 누가 준지 기억도 못할걸, 하고 아무렇지 않게 말을 내뱉고는 모자를 고쳐 썼다. 여자는 휴대폰을 만지작거리며 혼잣말처럼 한마디 던졌다. 존나 추해. 여자의 말이 원희의 귀에 와서 박혔다. 목덜미가 뜨거워졌다. 반사적으로 수임을 보았는데 수임은 들었는지 어쨌는지 무심한 표정으로 팔짱을 낀 채 서 있었다. 원희는 한 손으로 머리를 매만지며 둘로부터 몇 발짝 떨어졌다.

잠시 뒤 고주완이 대기실 문을 열고 나왔고 사람들은 그의 주위에 모여 환호했다. 모두 안면이 있는 이들인 듯 반갑게 인사를 하거나 함께 사진을 찍었다. 사인을 해주기도 했다. 수임에게는 전에 그랬던 것처럼 선생님, 하면서 정중하고도 반갑게 인사했다. 원희는 주완이 수임의 어색한 얼굴을 어떤 표정으로 보는지 살폈다. 그러나 그는 전과 다름없는 표정으로 수임과 간단히 안부를 나누었다. 이 친구 전에 봤지? 왜, 내 대학 동기. 수임이 원희의 팔을 끌어당겼다. 주완은 원희와 눈을 맞춘 후 고개 숙여 인사했다. 그러나 원희는 주완이 자신을 기억하지 못한다는 사실을 알았다. 힐을 신은 여자는 밝게 웃으며 주완에게 꽃을 안겼고 주완은 그녀의 이름을 부르며 반겼다. 주완은 그녀의 어깨에 손을 올리고 함께 사진을 찍었다. 원희는 여자의 힐 위로 드러난 하얗고 매끈한 발등을 보았다. 너도 사진 한 장 찍을래? 수임의 말에 원희는 고개를 흔들며 수임의 팔을 끌었다. 그만 가자.

규석은 거실에서 텔레비전을 보며 라면을 안주로 소주를 마시고 있었다. 아, 당신 저녁 먹고 오는 줄 알았는데. 규석이 원희의 눈치를 보았다. 원희는 규석의 옆에 앉았다. 집에 소주가 있었어? 원희는 잔에 든 소주를 입안에 털어 넣었다. 소주 한 병을 비운 후 원희는 간단한 샐러드를 만들었고 규석은 반쯤 남은 위스키를 꺼냈다. 한동안 둘은 말없이 술잔만 기울였다. 섞어 마시면 숙취가 심할 텐데. 평소와 달리 과음을 하는 원희를 보며 규석이 말했다. 심하면 뭐 어때. 할 일도 없는데.

오늘 무슨 일 있었나?

우리도 미리 요양원 알아볼까?

규석이 들었던 술잔을 내려놓았다. 요양원?

응, 왜. 보증금 내고 들어가는…… 좋은 데 많다던데.

호텔식 실버타운인가.

아…… 실버타운. 나도 사실 생각해보기는 했어.

규석은 휴대폰으로 이런 저런 검색을 해서 원희에게 내밀었다. 15년에 보증금 8억, 월 5백, 1인 추가 시 3백. 엄청 비싸구나. 원희가 이마를 찌푸렸다. 한 10년 후에 들어갈까. 그럼 내가 몇 살이야. 휴. 규석이 중얼거렸다. 그만 자자. 원희가 자리에서 일어섰다. 원희야. 원희는 자신의 이름을 부르는 규석을 바라보았다. 나는, 저, 나중에……혹시라도…… 안 좋아지고 그러면, 안락사도 괜찮지 않을까? 원희는 규석의 말을 끊었다. 당신 지금 무슨 소리 하는 거야. 정신 차려요. 우린 아직 아니야. 방으로 들어가며 원희는 입술을 깨물었다.

또다시 주말이 되었고 규석은 아침 일찍 라이딩을 나갔다. 규석은 현관 거울로 자신의 모습을 점검하며 선글라스를 낀 얼굴을 이리저리 살펴보았다. 원희가 선물한 선글라스가 마음에 든다고 했다. 몸매만 보면 삼십대 같아. 자전거 잘 탔어. 원희가 말했고 규석은 삼십대는 무슨, 했지만 기분 좋은 얼굴로 손을 들어 보이고 현관을 나섰다.

규석이 나간 후 원희는 음악을 틀고 커피를 내렸다. 거실 창으로 보이는 바깥 풍경은 눈이 부셨다. 여름 오전의 화창한 햇살이 초록의 이파리들을 빛내고 있었다. 낮에는 많이 덥겠구나. 원희는 혼잣말을 하며 어디론가 향하는 사람들의 모습을 눈으로 좇았다. 다들 목적지가 분명해 보였다. 원희는 몇 년 만에 피아노 앞에 앉았다. 돋보기를 쓰고 오래된 악보를 뒤적이다 쇼팽의 악보를 피아노 위에 펼쳐놓았다. 녹턴 18번. 쇼팽이 마지막으로 작곡한 녹턴. 예전의 원희는 이 곡을 즐겨 연주했었다. 무엇보다 잔잔하고 평화롭고 나른한 도입부가 마음에 들었다. 그리고 중반부로 갈수록 고조되는 슬픔, 그러나 결코 나락으로 떨어지지 않는 우아함. 쇼팽의 녹턴은 아름다운 기승전결을 가지고 있었다. 원희는 그런 기승전결을 좋아했었다. 원희는 건반 위에 손을 올렸다. 손가락은 역시 마음처럼 움직이지 않았다. 예전에는 눈 감고도 연주할 수 있었던 곡이었는데, 연습을 너무 오래 안 했지. 연습을 해야 해, 연습을. 그러면 금방 손은 풀리니까. 오래 방치된 피아노는 미묘하게 소리가 어긋나 있었다. 조율을 받은 지가 언제였던가. 원희는 자신의 손등에 도드라진 굵은 핏줄을 보았다. 콘서트홀 대기실 앞에서 본 젊은 여자가 내뱉던 말이 떠올랐다. 원희는 몇 번의 시도 끝에 작게 한숨을 내쉬고 조용히 피아노 뚜껑을 닫았다.

유나에게 전화가 왔을 때 원희는 거실 소파에 누워 깜빡 졸던 참이었다. 응, 유나야.

엄마, 나 비상.

유나의 예정일은 일주일 정도 남아 있었다. 그런데 오늘 갑자기 진통이 시작되어 급히 남편과 병원으로 이동한다고 했다. 동네 엄마한테 애들 잠깐 봐달라고 했거든. 엄마가 지금 좀 와줘.

원희는 정신을 차린 후 재빨리 준비를 마치고 차에 올랐다. 차 안은 후끈한 열기로 뜨거웠다. 시동을 켜고 에어컨을 작동시켰다. 유나의 집에 가까워질수록 급했던 마음이 조금씩 가라앉았다. 유나는 무사히 셋째를 낳을 것이고 손녀들은 안전하게 나를 기다리고 있을 것이다. 이제 30분 정도 후에는 무사히 유나의 집에 도착할 것이고, 아이들은 할머니, 하고 나를 부르며 안겨 올 것이다. 그러나 손녀들은 금방 집요하게 무언가를 요구하고 못 들은 척하고 소리를 지르고 어지르겠지. 반복되는 말을 하며 칭얼대고 엄마를 찾으며 울고…… 할머니 좋아. 싫어. 안 해. 사랑해. 미워, 엄마는 언제 와…… 너희 엄마는 또 아이를 낳으러 갔단다. 동생을 데려올 거야. 회음부가 찢어지는 아픔을 잊고 내 딸은 또 딸을 낳고 또 낳고 또 낳고…… 신호등이 빨간색으로 바뀌었고 원희는 브레이크를 밟았다. 언제나 클래식 채널 주파수에 맞추어져 있는 라디오를 켰다. 몇 분 후에 원희는 유나의 아파트에 들어섰다. 주차할 곳을 찾아 돌다가 놀이터가 보이는 자리에 겨우 빈 곳을 발견하고 차를 세웠다. 라디오에서는 스트라빈스키의 「봄의 제전」이 흘러나오고 있었다. 원희는 조급했다. 아이들에게 어서 가야 하는데. 그러나 그대로 시동을 켠 채 가만히 앉아서 음악을 들었다. 강한 리듬의 불협화음이 고조되었다. 에어컨 바람 때문인지 팔에 오소소 소름이 돋았다. 바깥에는 뜨거운 햇살이 강하게 내리쬐고 있었다. 오후 3시 15분. 시간은 계속해서 흐르고 있었다. 룸 미러로 얼굴을 비춰 보았다. 거기에는 자신을 이상한 표정으로 바라보고 있는 늙은 눈빛이 있었다. 그 눈빛은 너무 많은 것을 알고 있었다. 버르토크를 연습해볼까. 기승전결이 없는 불협화음을. 매일 연습을 하면 손가락은 금방 힘을 되찾을 것이다. 열 손가락이 균일한 힘으로 단단하게. 근육이라는 건 그런 거니까. 원희는 시선을 창밖으로 돌렸다. 멀리 놀이터에서 아이들이 놀고 있었다. 남자아이 하나와 여자아이 둘이 미끄럼틀에 올라가 차례로 내려왔다. 여자 아이들은 유나의 딸들이었다. 나를 할머니라고 부르는 아이들. 그 옆에는 유나 또래의 여자가 앉아 아이들을 지키고 있었다. 아이들은 무구한 표정으로 모래 위에 앉아 웃거나 뛰어다녔다. 아이들의 표정에는 아무런 불안도 의혹도, 비밀도 없었다. 과거도 현재도 미래도 모르는 무심한 얼굴들. 놀이터 가장자리에 서 있는 키 큰 나무들이 바람에 흔들리며 빛났다. 여기서 나가자. 얼른 저곳으로 가자. 차 문이 닫히는 견고한 소리를 뒤로하고. 나는 금방 아이들의 보드라운 살결과 달큰한 향기에 파묻힐 수 있을 것이다. 여름의 식물들이 내뿜는 아련한 향과 열기에 휩싸일 수 있을 것이다. 그러나 갈 수 있을까. 바로 앞에서 보고 있는 장면들이 원희에게는 너무 아득하고 먼 곳 같았다. 마치 다른 세계를 보고 있는 듯. 문득 가슴 깊은 곳에서부터 슬픔이 깊은 통증이 되어 올라왔다. 눈물이 쏟아졌다. 터져버린 눈물은 멈추지 않았고 원희는 아이들에게서 눈을 떼지 못한 채 소리 내어 울기 시작했다. 고통스러웠다. 원희는 손을 떨며 불협화음의 볼륨을 높였다.

● 「오후만 있던 일요일」은 프로젝트 밴드 '어떤날' 1집 『1960·1965』의 수록곡이다.

인터뷰

위수정 X 선우은실

선우은실 『소설보다: 봄 2022』에 수록된 「아무도」 이후 두번째로 위수정 작가의 작품을 다루게 되었습니다. 거듭 반가운 마음과 더불어 기왕의 작품과 비교해 다뤄볼 만한 지점이 있을 것 같아 이번 인터뷰에 특히 흥미를 느끼고 있습니다.

최근의 근황을 여쭈며 시작해보려고 합니다. 〈소설 보다〉 '봄'과 '가을' 사이에 어떻게 지내셨나요? 〈소설 보다〉에 대한 독자들의 반응을 더러 들어보셨을지도 궁금합니다.

위수정 말씀하신 대로 올해 들어 두 번이나 〈소설 보다〉에 선정되어 어리둥절하면서도 무척 기쁩니다. 봄에 「아무도」가 수록된 이후, 오프라인에서 처음으로 독자들과의 만남을 가졌던 일이 기억에 남아 있습니다. 그리고 그동안 소설과 에세이 몇 편을 마감했습니다. 일이 많은 편은 아닌데 워낙 게으른 인간이라, 게다가 심적으로 힘든 일까지 겹치는 바람에 겨우겨우 마무리를 했어요. 이제야 마음의 여유가 생기기 시작했는데 조금은 가벼운 마음으로 인터뷰를 하게 되어 다행입니다. 「아무도」에 대한 반응은, 제 소설이 대체로 그런 편인 것 같긴 한데, 좋아해주시는 분들도 계셨으나 소재가 불편하다거나 별로였다는 분들도 계셨어요. 비판적인 반응은 언제나 예상하고 있기 때문에 새겨듣고 있습니다.

선우은실 이번 작품은 「아무도」와 비교할 때 여성과 여성의 섹슈얼리티에 대한 이야기라는 점에서 공통적이지만 여기에 '생애 주기'라는 키워드가 추가되었다는 생각이 들었습니다. 「아무도」가 결혼 생활을 정리하려는 삼십대 여성의 관점에서 전개되었다면, 「오후만 있던 일요일」에는 크게 세 세대의 여성이 등장하지요. 그중 육십대 여성인 원희가 주인공입니다. 소설은 현재 셋째를 임신 중인 서른일곱의 딸 유나 그리고 한평생 교양 있는 여성이었으나 현재 치매를 앓고 있는 여든여섯의 시모 현복의 삶을 중년층 여성인 원희의 시선에서 아우릅니다. 「아무도」에서도 주인공 딸과 어머니의 관계 양상이 드러나기는 하지만, 좀더 청년층에 초점화되어 있고 어머니의 시선이 다소 감춰져 있다는 점과 비교되는 부분이기도 합니다. 세 세대의 여성을 소설에 등장시킨 까닭, 특히 원희에게 초점을 맞추고자 한 이유가 있을지 궁금합니다.

위수정 이런 종류의 질문은 참 대답하기가 쉽지 않은, 제게는 어려운 질문인데요. 한편으로는 제 글에 대해 좀더 객관적으로 생각할 기회를 준다는 점에서는 의미가 있습니다. 왜냐하면 「아무도」를 쓸 때도 그랬지만 이번 작품 역시 '여성의 섹슈얼리티'에 초점을 맞추려는 의도는 크게 없었기 때문인데요. 다만, 한국 문학에서 여성의 성이나 욕망에 관해 남성의 그것과는 조금 다른 식으로, 거칠게 말하자면, 상대적으로 신비화되거나 낭만화되어 그려진 면이 있어서 제 글이 오히려 그런 점에서 도드라져 보이는 것 같기도 합니다. 저에게 인간의 욕망이란, 물론 남성과 여성의 생애 주기와 생물학적 차이를 전제로 하더라도, 태생적으로 지니고 있는 일종의 '짐' 같은 것이라고 여겨져요. 모두 같은 무게는 아니겠지만 누구나 가지고 있는 본능적인 욕구들이 사회적 환경과 부딪히면서 억압되거나 변형된다는 점에서요. 여성 인물의 그러한 '짐'들을 그리는 것이 지금 제게는 흥미로워요. 아마도 제가 여성이라서 더 그렇기도 하겠지만요. 굳이 여성에 국한하지 않더라도 인간은 생 전반에 걸쳐 다양한 욕구를 안고 살아가는 존재이기에 그것이 사회의 관습이나 제도와 충돌할 때 일어나는 갈등에 여전히 관심이 가요.

이번 소설은 애초에 중산층 육십대 여성을 중심인물로 생각하고 시작했기 때문에 자연스럽게 앞 세대와 후세대와의 관계를 떠올리게 되었어요. 의외로 소설에서 그려지는 성별, 또는 세대별 특징이나 감수성이 전형화되어 있다는 생각이 들어서 종종 아쉬울 때가 있었는데 이번 작품을 구상하면서는 요즘의 육십대 여성에 대해 그려보자고 생각했어요. 환경에 따라 다르긴 하겠지만 지금의 육십대는 노인이라기에는 젊고 또 젊다고만 하기에는 애매한 위치의 연령대라는 생각을 했고 그 점이 흥미로웠어요. 특히 여성의 육십대는 내면의 욕망과 외부의 시선 사이에 괴리가 한층 더 심화되기 시작하는 연령대라는 생각도 들었고요. 육십대의 나는 어떤 마음일까. 딸과 시어머니 사이에서 어떤 감정을 지니고 살아갈까, 생각하며 썼어요. 저는 육십대도 아니고, 딸도 없고 시어머니도 없지만, 신기하게도, 어쩌면 당연하게도, 이 작품 안의 모든 연령대의 인물에게 어느 정도 감정이입이 되었던 것 같아요.

선우은실 원희와 같은 '유자녀 기혼 여성'이라는 인물 층위가 위수정 작가의 소설 세계에서 처음 등장한 것은 아니지요. 특히나 이번 소설은 「풍경과 사랑」(위수정, 『은의 세계』, 문학동네, 2022) 또한 떠오르게 합니다. 두 작품 모두 중산층 이상의 계급에 속한 유자녀 기혼 여성과 그녀를 중심으로 전개되는 (가부장제 내) 여성의 섹슈얼리티(그러나 단지 성적 욕망만으로 한정되지 않지요)를 다룬다는 점이 그러할 텐데요. 이러한 계급성이 이번 소설에서 '생애 주기'라는 키워드와 결합되면서 독특한 의문점들을 만들어냈다고 느껴졌습니다. 물질적으로 풍요로운 여성에게 '삶'은 물질적 궁핍에 대한 위협(물리적 의미의 죽음)으로 지각되지는 않지만, 적어도 '그 나이에 비해 젊어 보이는' 그러나 나이 먹어가는 여성에게 끊임없는 '섹슈얼리티의 종결(죽음)' 선언과 대결하는 것으로 비춰지기도 합니다. 이와 관련하여 위수정 작가의 소설 세계에서 중산층 이상이라는 계급성이 여성 인물 혹은 그녀들의 섹슈얼리티의 구현과 어떤 방식으로 조응한다고 생각하시는지 묻고 싶습니다.

위수정 여성 인물들이 속한 계급성이 물질적 궁핍의 위협이 아닌 섹슈얼리티의 종결과 대결하는 것으로 비춰진다는 말씀이 흥미롭습니다. 말씀하신 대로 중산층 이상의 계급에 속한 여성을 초점 인물로 내세우는 이유는 물질적 궁핍으로 오는 위협이나 갈등에서는 일단 배제하고 싶어서였어요. 예로 드신 작품들을 쓸 때 저의 관심이 경제적 궁핍에 빠진 인물들이 아니었기 때문이기도 하고요. 사회 구조적 문제나 계급 문제에 무관심하다기보다는 중산층 이상의 인물들의 삶을 그리는 것이 저에게 조금 더 흥미로웠다고 말씀드릴 수 있을 것 같습니다. 일정 수준 이상의 부와 교양을 갖춘 인물들이 아주 특별한 계층으로 여겨지는 시대도 아니고요. 어찌 보면 평범하고, 적어도 생계 걱정은 없는 계층의 삶에서는 좀더 내적인 불화가 도드라지지 않을까 생각했어요. 그들이 가진 속물성, 그들이 학습한 교양이 내면의 욕구나 본능과 충돌하는 지점들에 주목하고 싶었어요. 돈이나 교양으로 극복할 수 없는 것들이 삶에는 분명히 있고 그러한 절망과 좌절의 경험이 동일하게, 그러나 각각 다른 방식으로 개인의 삶에 영향을 미치지 않을까 생각해요.

선우은실 이번에는 주제를 옮겨 '죽음'에 대한 이야기를 해보고자 합니다. 희한하게도 이 소설에서 세 세대의 여성은 각기 다른 위치의 생애 주기 속에서 저마다의 죽음을 목도하고 있더군요. 딸 유나의 경우 서른일곱의 나이에 출산을 예정하고 있습니다. 여성의 출산 경험을 자연스러운 젠더 경험으로 이데올로기화해온 역사가 짧지 않기에 출산 경험이 있는 여성의 출산이 대수롭지 않게 생각될 수도 있겠지만, 실제로 출산은 산모에게는 생명의 위협 수준이 높은 경험이지요. 그뿐만 아니라 산모 육체에 많은 손상을 가하는 일이기도 하고요. "회음부가 찢어지는 아픔을 잊고 내 딸은 또 딸을 낳고 또 낳고 또 낳고"라는 원희의 말에서도 그것이 잘 느껴집니다.

한편 평생을 "현명하고 아름답게" 살아온 시모의 모습이 우아한 노년을 상상하게 함에도 불구하고, 치매에 걸린 시모는 그야말로 생애 주기적으로 죽음에 다다르고 있고, 그중 하나의 증상으로 노인 치매가 언급됩니다.

이 모든 것을 바라보는 원희도 마찬가지지요. 젊고 아름다운 피아니스트 고주완을 좋아하게 되는 원희는 오랜만에 감정의 출렁임을 느끼면서 성적 긴장감에 대해 생각합니다. 그러면서 자신과 수임을 비롯해 나이 먹은 여성의 노화한 외모를 우려하고, 마찬가지로 '그 나이에 비해' 관리가 잘 되어 있다곤 하지만 성적 긴장감을 전혀 불러일으키지 않는 남편의 처진 입매 같은 것을 발견하지요. 치매가 심해진 어머니를 보고 슬퍼하는 남편에 대고 "정신차려요, 우린 아직 아니야"라고 말하는 원희는, 그런 말을 하면서도 결코 자신이 젊지 않음을 알고 있으며, 시모를 통해 저러한 죽음으로 스러져가는 것이 곧 자신의 미래임을 봅니다. 원희는 실버타운을 찾아보며 걱정하는 남편에게 선을 긋지 않으면 견딜 수 없는 죽음에 압도되는 것만 같습니다.

앞서 언급한 기혼 여성 서사(「아무도」「풍경과 사랑」)와 함께 톺아볼 때, 자신을 구속하는 것으로부터 벗어나고 싶어 일종의 기행처럼 보이는 탈출을 도모하는 이 소설 속 여성은 일종의 죽음 사건을 더는 외면할 수 없는 시점에 이르렀다고 보이기도 하는데요. 전작과의 연장선상에서 '죽음을 마주하는 여성'으로 이 서사를 읽어봐도 좋을까요? 만약 '죽음'이라는 키워드를 의도하지 않으셨다고 한다면, 제가 오독한 이 키워드를 어떤 것으로 갈음해서 읽어볼 수 있을까요?

위수정 일단 오독하지 않으셨다고 말씀드리고 싶습니다. 이미 아시겠지만, 오독이란 소설의 해석에 있어서 불가능한 일이잖아요. 글쎄요, 제가 죽음을 항상 염두에 두고 있는 종류의 사람인 것은 분명합니다. 그만큼 삶에 대해서 많이 생각한다는 의미이기도 하겠죠. 아마 작가들이 하는 일이 그것인지도 모르겠습니다. 다만 저는 확실히 좀더 많이 생각하는 거 같긴 해요. 행동보다는 생각을…… 말씀하신 '죽음을 마주하는 여성'이 제 소설의 주제인지는 잘 모르겠지만, 무척 마음에 드는 문구입니다. 맞는 말이라는 생각도 듭니다. 조금만 수식어를 덧붙이자면 '자신도 인지하지 못하는 사이에 죽음을 마주하고 있는 여성'이라고 할 수 있을까요. 제가 주제를 견고하게 설정한 뒤에 쓰는 스타일이 아니라서 이것이 주제다! 라고 말씀드리기는 힘드나 이 작품을 쓸 때 확실히 인간, 특히 여성의 생애 주기를 염두에 둔 것은 맞습니다. 아직 노년기에 이르지는 않았지만 저 역시 삶을 돌아보면 각 시기별로 죽음을 직간접적으로 다양하게 경험한 기억이 있고, 여전히 그것에 대한 생각을 쉽게 떨치지 못하는 편이라 그런 점들이 작품에도 드러나는 것 같습니다. 죽음의 경험은 삶을 추동하는 에너지가 되기도 하니까요.

선우은실　이번 질문은 앞서 나눈 이야기의 종합이라고 할 수 있을 것 같습니다. 생애 주기, 늙음 혹은 죽음, 섹슈얼리티(의 자율성) 문제는 사실 '여성' 인물을 중심으로 했기 때문에 특히 다르게 조명되는 측면이 있다고 생각합니다. 가령 늙음과 섹슈얼리티라는 주제가 남성 인물을 통해 전개되었다면 자신의 늙음이 곧 '추함'으로 연결되는 원희의 경험과는 좀 다른 방식으로 묘사되었을 가능성도 있을 것 같습니다(작품에서 고주완에게 잘 보이고 싶은 원희가 젊은 여성으로부터 "존나 추해"라는 말을 듣고 충격을 받는 장면에서 성별을 전환한다면 같은 일을 겪었을 것인지 또는 동일하게 반응했을 것인지 생각해보게 한다거나, 조금이라도 어려 보이기 위해서 끊임없이 피부과 시술을 받는 수임과 달리 체력을 단련하는 것으로서 회춘을 도모하는 남편의 모습, "어린 시절부터 백발의 노련한 연주자들이 훨씬 관능적으로 느껴졌다"는 원희의 말에서 그 힌트를 얻어볼 수 있을 것 같습니다).

늙어가는 여성 인물이 자신의 섹슈얼리티를 자각(또는 그로부터 탈각)하는 서사로 이 소설을 이해해보고자 했을 때, 여성의 생애 주기 속에서 섹슈얼리티라는 건 한평생 실패하는 것으로서만 경험되는 건 아닌가 싶은 생각도 들었는데요. 이러한 실패하는 섹슈얼리티의 경험치를 여성 인물의 관점을 빌려 서술한다는 것이 어떤 의미가 있을지 궁금합니다.

나아가 이 소설이 원희에 초점화되어 있음에도 불구하고 1인칭이 아니라 3인칭을 사용하신 까닭도 여쭤보고 싶습니다. 그간의 작품을 통해 '여성의 경험'에 몰입하는 일이 잦았는데요, 원희가 서사를 이끌어나가는 주요 인물임에도 '나는'이 아니라 '원희는'으로 서술될 때 묘한 거리감이 생기더라고요.

위수정 '실패하는 섹슈얼리티의 경험치'라는 것은, 제가 이해한 것이 맞다면, 성별을 떠나서 대부분의 인간들이 생에 걸쳐 겪는 일반적인 경험들이라고 생각합니다. 인간이라면, 특히나 특정한 사회 문화적 배경 안에서 태어나고 살아가는 인간이라면 어쩔 수 없이 겪게 되는 일들일 거예요. 하지만 역시나, 여성이 겪는 실패란 다른 성별과 구분되는 점이 있겠지요. 모든 성별이 동일하게 같은 경험을 하는 것은 아닐테니까요. 여성의 섹슈얼리티란 사회·역사·문화적 관점에서 남성의 그것보다 훨씬 더 부각되는 동시에 감추어야 할 어떤 것으로 인식되어 왔다는 말은 이제 진부할 정도입니다. 특히 한국이라는 시공간에서는, 심지어 문학에서조차, 아니 의외로 문학에서도, 오랫동안 비교적 보수적이거나 극단적으로 다루어져온 면이 있어요. 여성주의 이론이나 예술 작품들이 다양하게 주목받고 있는 만큼 소설에서도 더 다양한 시도들이 이루어졌으면 하는 바람이 있습니다. 사실 제가 여성주의 소설을 쓴다고 할 수 있을지는 잘 모르겠어요. 다만, 그저 모든 문학이 소수문학일 수밖에 없다는 생각을 하는 쪽이랄까요. 가능하다면 많은 문학 사이에서 좀더 세심하게 여성에 대한 서사를 다루고 싶다는 욕심이 있어요.

인칭을 짚어주신 부분은, 역시 저도 동감합니다. 말씀하신 대로 3인칭 서술은 인물과의 거리감을 주는 효과가 있어서 1인칭과는 또 다른 매력이 있어요. 이번 소설은 1인칭에 가까운 3인칭이라고 할 수 있는데요. 1인칭과는 조금 다른 느낌을 줌으로써 독자에게도 또 쓰는 입장에서도 인물들과의 감정적인 거리감을 적절하게 유지할 수 있게 해준다는 점에서 최소한의 객관화랄까, 그런 것이 이루어지는 부분들이 자연스럽게 생겨나는 것이 좋아요.

선우은실 이 작품에서 또 한 가지 눈에 띄었던 것은 어머니 여성에 대한 부분이었습니다. 이 소설에 등장하는 여성 인물은 모두 사회적으로 호명되는 '어머니'라는 층위에서 자유롭지 못하다고 생각했습니다. 유나는 언뜻 원희에 대해 자식을 하나만 낳았으면서 일을 하지 않았고, 그렇다고 출산을 더 하지도 않은 여성으로 여기는 듯한 말을 하고요. 원희는 자신이 이미 장성하다 못해 같이 늙어가는 처지의 자식을 둔 어머니 여성이기에 고주완에게 성적 매력을 느끼는 일이 남성 동거인에게 관계에 대한 배신의 위협으로조차 간주되지 않는다는 것을 깨닫습니다(관련해 규석에게 "덕질인지 뭔지 하지 마. 다 죽일 거야"라고 말하며 자신의 성애적 욕망을 드러내는 부분에서 어떤 카타르시스까지도 느껴졌습니다). 시모가 치매로 아들에게 자신의 성욕을 드러냈을 때 어머니 아닌 '여성'으로서의 욕망을 목격한 아들이 그것을 늙음으로 치환하여 '슬픔'으로 받아들이는 묘사도 그러했습니다.

즉 여성들은 젊어서는 욕망의 결괏값으로서 만들어지는 것이 아닌 타고난 숭고함에 의해 어머니 되기를 요구받고, 나이 들어서는 잘된 어머니였는지 대해 평가받으며, 늙어서는 어머니이기 때문에 섹슈얼리티를 가진 존재로서의 가능성이 제한되는 방식으로 한평생 억압 속에 있는 것처럼 여겨졌습니다. 그런데 이런 억압의 내용들은 다름 아닌 어머니 중의 어머니, 현복에 의해 폭로되지요. 적어도 낭만적인 개념으로서 '(혈연 재생산으로 이루어진) 정상 가족'을 토대로 할 때 어머니 되기로서의 출산 경험은 섹슈얼리티의 갈망과 긴밀한 연결성을 지니고 있기도 합니다. 그 (감춰진) 진실이 사회적 학습 체계를 망실한 시모를 통해 발화될 때 묘한 쾌감이 느껴졌습니다.

이런 측면에서 이 소설을 '어머니 여성과 섹슈얼리티'에 대한 것으로 돌려 읽을 수도 있을 것 같아요. 관련해서 세 명의 어머니 인물을 통해 특히 주목하고자 했던 부분이 어떤 것일지에 대해, 또 우리가 어머니 여성을 생각할 때(혹은 서사에서 구현할 때) 어떤 이야기들이 더 필요하다고 생각하지는지에 대해 여쭤보고 싶습니다.

위수정 자신의 성별이나 직업, 사회 구성원으로서의 역할 등 사회적으로 주어지는 이름으로부터 완전히 자유로울 수 있는 사람은 없겠지만 '어머니'라는 이름에는 유독 윤리, 도덕적 잣대가 높게 형성되어 있는 것 같아요. 사회·문화적으로 학습되어온 편견과 관습이 강하게 작용한 결과겠지요. 그렇게 고정화되고 학습화된 일견 '당연해' 보이는 '어머니'라는 숭고한 이름, 그것이 지닌 강하고 아름답고 초월적인 대상으로서의 자리를 해체하고 포장을 벗겨내는 것도 문학이나 여타 예술이 할 수 있는 일이라고 생각해요. 원희를 중심으로 딸과 시모가 등장하고 또 셋 모두 아이를 출산한 어머니라는 공통점이 있는데요. '어머니로서의 여성'을 중요한 포인트로 설정한 것은 아니었지만, 각각 다른 '어머니'로서의 여성을 염두에 두기는 했어요. 하지만 동시에, 어머니라는 지위와 역할을 무시할 수는 없다고 생각해요. 어머니가 되겠다는 대단한 결의 없이 그저 자연스럽게 결혼을 하고 임신과 출산을 거친 후에야 자신이 어떤 종류의 인간인지 알아가는 원희 같은 인물이 특별하다고 생각하지는 않았어요. 많은 여성이 아이를 낳은 후에야 자신이 모성애가 결여된 사람이라는 것을 깨닫기도 하니까요. 오히려 가장 젊은 세대인 유나가 어머니가 되는 것에 중요한 의미를 부여하는데, (그것이 죽음에의 경험이든 성적 욕망의 결과이든 모성애의 발현이든) 시대와 다르게, 그러나 어쩌면 시대와 너무나 부합하는 인물로서 출산을 주도적으로 감행하는 여성을 보여주고 싶은 마음은 있었어요. 본능에 충실한 인물로 보여도 좋았고요. 하지만 원희나 시모 같은 경우에는 생의 절정기를 지난 여성으로서 그 시간성에 좀더 주목하고 싶었어요. 실제 현실이나 일상에서 어머니들은 그저 생물학적으로 여성인, 한 명의 인간일 뿐이니까요. 여성뿐만이 아니라 앞으로는 다른 성별도 그렇게 그려보고 싶어요. 그리고 그런 작업들이 저한테는 재미와 의미가 있는 것 같아요.

어머니 여성을 구현할 어떤 이야기들이 더 필요한지는 앞에서 이미 어느 정도 설명이 된 것 같아요. 다만 소설로 구현할 때뿐만 아니라 어머니를, 여성을, 소수자의 무언가를 손쉽게 비판할 때 자연스럽게 면죄되는 주위의 인물들과 사회 구조적 문제들에 대해 좀더 눈을 돌릴 수 있었으면 좋겠어요. 작품에서 그러한 메시지를 전달하는 것과는 다른 문제이긴 하지만 제가 일상에서 항상 의식적으로라도 놓치지 않으려고 노력하는 부분입니다.

선우은실 마지막으로 향후 집필 방향과 관련한 질문을 드리고자 합니다. 최근에 새로이 혹은 기존의 주제와 관련해서 연속적으로 탐구하고자 하는 소설적 주제가 있다면 무엇인지 궁금합니다.

위수정 저는 앞서 말씀드렸다시피 게으르고, 또 커다란 계획 같은 것을 잘 세우지 않는 유형입니다. 계획을 세워도, 부끄럽지만, 실천을 제대로 해본 적이 거의 없는 것 같아요. 그렇다고 하루만 보고 사는 유형도 아닌, 이도 저도 아닌 사람입니다. 게다가 글을 쓸 때에 어떤 주제나 포인트를 염두에 두고 또 잊지 않기 위해 기록을 하기도 하지만 그것을 입 밖으로 내서 말하는 것은 무척 난감합니다. 주제에 대해 명확하게 말하지 못하(않)기 때문에 소설을 쓰는 사람이 된 것 같기도 해요. 오히려 어떤 의미를 전하려는지 너무나 명확하게 이해되는 글을 쓴 건 아닐까 걱정하는 편입니다. 다양한 방식으로 읽히는 글을 좋아해요. 무슨 말인지 모르겠다는 말보다는 재미없다는 말이 제게는 타격이 커요. 그래서 저는 매번 조금 더 재미있는 글을 쓰고 싶다, 그리고 조금 더 성실해져야겠다고 자주 결심합니다. 그러면 조금씩은 나아지지 않을까 생각하면서요. 제발 전보다는 조금이라도 나은 글을 썼으면 좋겠어요. 아마 힘들겠지요. 제 글을 읽고 심도 있는 질문을 준비해주셨는데 답이 제대로 되었는지 모르겠습니다. 감사합니다.

발 없는 새
떨어뜨리기

이서수

2014년 『동아일보』 신춘문예를 통해 작품 활동을 시작했다.
장편소설 『당신의 4분 33초』 『헬프 미 시스터』가 있다.

사영은 나를 보자마자 말갛게 웃었다. 마스크 너머의 표정이 나만큼 밝으리라는 것을 한눈에 알 수 있었다. 우리는 보자마자 손부터 잡았다. 이런 방식의 인사는 아주 친한 사이가 아니고서야 할 수 없게 된 시기에 사영과는 오랜만에 만나도 손부터 잡게 되었다. 사영의 손은 여전히 놀랄 정도로 작았다. 손이 더 이상 커질 일도 없는데, 나는 사영의 손이 이렇게 작다는 사실에 새삼 놀랐다.

사영은 아침 식사를 거르고 나왔다고 말했다. 쟁반 위엔 커피 한 잔이 오도카니 놓여 있었다. 나는 얼른 카운터로 걸어가 블루베리머핀을 사 왔다. 사영은 머핀을 조금씩 떼어 먹었다. 입가에 부스러기가 묻어서 냅킨을 건네주었더니, 피곤해 보이는 얼굴로 옅게 웃으며 입술을 닦아냈다.

일이 힘드니?

사영은 고개를 끄덕이다가 이내 저었다. 언니가 그랬잖아. 이 세상엔 안 힘든 일이 없다고.

나는 그랬지, 하고 고개를 끄덕였다. 이 세상엔 안 힘든 일이 없고, 안 힘든 일을 찾아보는 일조차 너무 힘들어서 곧바로 포기하게 되었다. 우리는 힘들게 살아야 하는 현실을 받아들이기로 했지만 그렇더라도 쌓이는 울분과 스트레스는 어찌 할 수가 없었고, 간간이 만나서 전시를 보거나 술을 마시는 것으로 풀었는데 그마저도 1년 전부터는 뜸해졌다.

마지막으로 만났을 때 우리는 수미 언니의 생일 파티에 참석했는데, 여섯 명이 모인 그 자리에서 확진자가 나왔다. 생일이었던 수미 언니가 양성 판정을 받은 것이다. 우리는 선별진료소에 가기 전날 바닥에 엎드려 펑펑 울었다. 나는 내가 살고 있는 원룸에 잠시 들렀던 엄마가, 사영은 함께 살고 있는 할머니가 걱정되어 검사를 받기도 전에 눈이 퉁퉁 부을 정도로 울었는데, 수미 언니는 담담한 어투로 단톡방에 이런 소식을 전했다.

—얘들아, 내가 걸린 코로나는 안전한 거래. 전파력이 거의 없대. 그러니 걱정하지 마. 그리고 나를 원망하지 않았으면 좋겠어.

그러나 우리는 각자 조금씩 수미 언니를 원망했고, 그 뒤로 한 번도 모이자는 말을 하지 않았다. 단톡방은 고요했고, 우리는 한 명씩 차례대로 방을 나갔다. 선별진료소에 다녀와 음성 판정을 받았다는 걸 알리고, 서로 다행이라고 말했던 게 우리가 나눈 마지막 대화였다. 각자 일상 속에서 열심히 마스크를 쓰고 만남을 줄이며 연락 없이 살아갔지만, 나는 이따금 사영이 어떻게 살고 있을지 궁금했다.

그동안 어떻게 지냈어?

사영은 잘 지냈다고 기운 없이 말했다. 그러나 얼굴에

드리운 그늘을 보니 잘 지내지 못했다는 걸 한눈에 알 수 있었다. 언니, 우리 늦을지도 몰라. 사영은 내 시선을 피하더니 지저분해진 쟁반을 정리하며 서두르자고 말했다.

우리는 스타벅스리저브를 나와 에스컬레이터를 타고 컨벤션홀로 향했다. 사영은 한 달 전 내게 이런 톡을 보냈다.

—언니, 나랑 서일페 갈래?

나는 서일페가 뭔지 묻지도 않고 대번에 간다고 답했다. 서둘러 검색해보니, 서일페는 서울일러스트레이션페어의 줄임말이었다. 그 순간 나는 사영이 나보다 젊다는 걸 실감했다. 사영이 없었다면 아마도 나는 서일페가 뭔지 평생 모르고 살았을 것이다.

서일페가 열리는 D홀은 컨벤션홀 3층에 있었다. 우리는 직원의 안내대로 기다란 줄의 끄트머리에 섰다. 입장하려면 종이 팔찌를 받고, 발열 체크도 해야 했다. 오전에 주최 측에서 톡으로 보낸 자가문진표를 작성하려는데 사영이 말했다. 언니, 다 아니오에 체크하면 돼. 우리는 열도 안 나고, 호흡기 증상도 없고, 해외에 다녀온 적도 없잖아. 나는 사영의 말대로 모두 아니오에 체크했고, 톡으로 전송받은 입장권 바코드를 확인했다. 이제 종이 입장권은 아무도 안 모으나? 사영은 내 말에 아무런 대꾸도 하지 않았다. 멍

한 표정으로 대기 줄만 바라보았다. 나는 그런 사영에게 물었다. 일은 좀 어떠니?

힘들지…… 며칠 전엔 자살자가 왔어. 젊은 남자였는데, 부모가 집을 비운 사이에 방에 연탄을 피웠어.

죽었니?

어.

나는 더 이상 묻지 못했다. 응급실에서 일하게 되었다는 말은 들었지만, 전에도 일해본 적이 있으니 괜찮을 거라고 생각했다. 그러나 사영은 전혀 괜찮아 보이지 않았다.

언니, 젊은 사람들이 왜 자꾸 죽는 걸까?

그건 너무 어려운 질문이었기에 나는 아무런 대답도 할 수 없었다. 그걸 알면 정치인이 될 수 있을 거라는 뜬금없는 생각이 들었다. 실제로 그들은 그런 걸 알고 있을 것 같지 않고, 알려고 할 것 같지도 않지만. 나는 다른 이야기를 하고 싶었다. 젊은 사람들이 죽는 이야기 말고 희망찬 이야기.

사영아, 난 요즘 집이 사고 싶다.

사영은 눈을 커다랗게 뜨며 나를 돌아보았다. 언니, 돈 있어?

없지. 근데 찾아보니까 싼 집도 있어.

어디에?

고흥. 그리고 군산. 난 군산이 더 끌려.

나는 전날 밤 인터넷 검색으로 찾아낸 집에 대해 자세히 말해주었다.

군산에 있는 오래된 아파트인데, 1층이고, 방이 두 개야. 리모델링도 되어 있고.

얼만데?

나는 손가락 세 개를 펼쳤다.

3억?

3천만 원.

사영은 믿을 수 없다는 표정을 지었다.

놀랐지? 고흥엔 천만 원짜리 아파트도 있어. 찾아보면 지방에 그런 아파트가 좀 있어. 근데 나는 군산이 좋아. 군산엔 초원사진관도 있고, 기찻길도 있고, 젊은 사람들이 많이 놀러 가는 곳이잖아. 거기 살면 매일 여행하는 기분이지 않을까?

사영은 고개를 갸웃거리더니 이내 세차게 저으며 말했다. 언니는 지방에 살면 안 돼. 지방은 배달 건수가 많지 않을 거야.

사영의 말이 맞았다. 프리랜서 작가로 살면서 배달을 하지 않고 살아가기란 거의 불가능했다. 모두가 배달업에 뛰어든 이상한 세상이 되어버리자, 나 역시 그런 세상을 개탄하지 않고 배달의 세계에 뛰어들었다. 당근마켓에서 자전거와 보냉 가방을 사서 밤마다 음식을 배달했다.

언니, 그래도 군산에서 직장을 구할 수 있으면 그 집을 사는 것도 괜찮을지 몰라.

사영은 진지한 어조로 말했고, 나는 반색하며 물었다.

싸서 괜찮지?

아니. 1층이라서. 집 살 때 그게 가장 중요해. 1층이면 소방관이랑 경찰이 빨리 진입할 수 있잖아. 사람들이 아무것도 모르고 고층에 사는데, 그거 진짜 위험한 거야. 응급실에 빨리 실려 갈 수 있는 집에 살아야 돼. 골든타임이라는 말 들어봤지? 나는 집을 사면 무조건 1층만 살 거야.

나는 말문이 막혀서 아무런 대꾸도 하지 못했다. 응급실에 빨리 실려 갈 수 있는 기준으로 집을 골라야 한다는 건 응급실 간호사가 아니고서야 할 수 없는 생각일 것이다. 보통은 응급실에 실려 갈 일이 없길 바라며 살아가니까. 실제로 사영은 병원 기숙사에 들어가기 전까지 할머니와 재개발 구역의 단층집에서 살았다.

언니, 난 집보다 주식에 관심이 많아.

너 주식 샀어?

당연히 샀지. 설마 언니는 안 산 거야?

나는 나의 자금 사정을 모른 척하는 사영이 얄미웠다. 티를 내지 않으려 노력했지만 다들 안다고 생각했는데, 혹시 사영은 몰랐던 걸까.

주식도 안 하고 무슨 배짱이야? 돈을 불릴 수 있는 다른 방법이 있어?

나는 아무런 대답도 하지 않았다. 돈이 있어야 돈을 불리지. 그렇게 속으로만 툴툴거렸고, 그러는 동안 자연스레 수미 언니의 얼굴이 떠올랐다.

수미 언니는 술만 취하면 내 손을 붙잡고 울었다. 나처럼 확신할 수 없는 재능과 뜨거운 열정만 갖고 꿈을 이루려는 사람을 볼 때마다 가슴이 찢어진다고 말하며. 나는 언니에게 속마음을 털어놓은 걸 무척 후회했다. 우리는 가장 연장자라는 이유로 수미 언니에게 자주 상담을 요청했다. 그러나 돌아오는 답변에 만족한 적은 거의 없었다. 운동을 해. 돈을 모아. 그 사람과 헤어져. 가족보다 너 자신을 소중하게 생각해. 우리가 미적지근한 반응을 보이면 수미 언니는 갑자기 우리를 공격하기 시작했다. 너는 모아놓은 돈이 그거밖에 없다는 걸 부끄럽게 생각해야 돼. 너한테 수동적 공격성이 있는 거 모르지? 언니가 그런 말을 할 때마다 단톡방은 조용해졌다. 머쓱한 표정, 울고 있는 표정의 이모티콘이 주르륵 떠올랐을 뿐 아무도 입을 열지 않았다. 그러나 사영은 한 번도 수미 언니에게 상담을 요청하지 않았다. 힘들다는 말도 하지 않았다. 그랬더니 언니는 사영이 자신에게 거리를 두는 것 같다고, 생일 케이크를 안주 삼아 와인을 마시며 말했다. 너는 우리랑 급이 다르다고 생각하지? 사영의 얼굴에 황당한 표정이 떠올랐고, 나는 수미 언니의 주사가 고약해졌다고 생각했다.

언니는 십대 시절부터 배우가 되는 게 꿈이었고, 고등학교를 졸업하자마자 연기 학원에 갔더니 뜬금없이 마술을 배워보라는 소릴 들었고, 열심히 마술을 배웠으나 열정만 있을 뿐 도무지 재능이 없었고, 소주방에서 아르바이트를 시작해 소주방이라는 단어가 완전히 사라질 때까지 그곳에서 일했고, 모아놓은 돈이 거의 없었다. 소주방에서 첫 아르바이트를 시작했다니, 도대체 언니는 몇 살일까.

우리는 당근마켓을 통해 만났다. 수미 언니는 매일 한 가지 물건을 무료 나눔 하는 행사를 한 달간 진행했고, 우리는 모두 언니에게서 물건을 받은 사람들이었다. 나는 커트러리 두 세트, 사영은 마 소재 여름 원피스를 받았다. 그 뒤에도 수미 언니는 심리 상담을 해주겠다며 계속 연락을 해왔다. 그렇게 우리는 점점 가까워졌다. 수미 언니가 확진 판정을 받기 전엔 가끔 동네에서 언니와 단둘이 만나기도 했다. 내가 언니의 개인 톡으로 글을 보내면, 언니는 늘 세븐일레븐에서 만나자고 답했다.

세븐일레븐 앞엔 파라솔 테이블 세 개가 놓여 있었다. 왼쪽 테이블은 스포츠 중계를 보며 맥주를 마시는 아저씨가 차지했고, 가운데 테이블은 매일 저녁 모여 앉아 막걸리를 마시는 할아버지들이 차지했다. 한번은 흑인 여성들이 할아버지들과 섞여 앉아 있는 것을 보았는데 참 신기한 광경이었다. 그날 나보다 먼저 도착한 수미 언니는 내 옆구리를 쿡 찌르더니, 일자리를 주선해주는 것 같다고 말했다.

할아버지가 저 여자들한테 어디로 가라고, 얼마를 줄 거라고 그런 식으로 말한다.

우리는 수상쩍은 눈길로 그들을 바라보았다. 동네 편의점에서 마주칠 법한 흔한 광경은 아니었다. 우리는 그쪽 테이블에서 오가는 대화를 들으려고 신경을 잔뜩 곤두세웠지만, 끝내 어떤 일을 주선한 것인지는 알아내지 못했다. 우리는 그게 가장 궁금했고, 어쩌면 우리도 할 수 있는 일인지 모르겠다고 약간 기대도 했던 것 같다. 우리는 그들이 떠나자 아쉬움을 삼키며 동시에 고개를 돌렸고, 다시 서로에게 집중했다.

그런데 가진아, 너는 꼭 글을 써야겠어?

나는 언니가 늘 그런 식으로 포문을 연다는 걸 알기에 잠자코 육포를 집어 들었다. 언니가 사 온 육포를 빼앗아 먹고, 언니가 사 주는 맥주를 얻어 마시는 게 내겐 익숙한 일이었다. 별로 미안하지 않았고, 창피하지도 않았다. 언니가 나보다 가진 게 없거나, 거의 비슷한 정도로만 갖고 있는 사람이라는 게 내 마음을 편안하게 했다. 나의 가난이 쪽팔리지 않았다.

이번 글 별로였어?

아니. 그런 뜻은 아닌데…… 수미 언니는 발끝을 쳐다보다가 고개를 들더니 말했다. 그런 글을 쓰면 얼마나 받니?

왜?

나도 해보려고.

쓰지 마. 얼마 못 벌어.

그래. 그럴 거 같더라.

언니는 더 이상 묻지 않더니, 내 글의 어떤 점이 좋았고, 어떤 점이 아쉬웠는지 조목조목 알려주었다. 육포를 잘근잘근 씹으며 내 글을 같이 씹었다.

네 글은 읽으면 힘이 쭉 빠진다는 게 장점이자 단점이야. 서서 읽으면 앉고 싶어지고, 앉아서 읽으면 눕고 싶어져. 누워서 읽으면 잠들고 싶어지고.

지루하다는 거야?

아니. 그렇게 들렸어?

그렇게 들렸어.

언니는 큰 소리로 웃더니 그날 새벽에 자기가 쓴 일기를 좀 들어보라고 했다. 사실 언니는 내 글에 대한 감상을 말해주는 것보다 일기를 낭독하는 걸 더 좋아했다. 나는 그걸 알면서도 언니가 편의점으로 오라고 하면 군말 없이 나갔다. 언니는 손가락을 튕겨 딱 소리를 내더니 주의를 집중시켰다. 낭독하기 전에 언제나 그런 식으로 시작을 알렸다. 그리고 나직한 목소리로 일기를 읽어 내려갔다.

—8월 22일 새벽. 나는 종로 포차를 떠올린다. 술값 4만 원이 비싸다고 주인에게 시비를 걸었던 어느 밤을. 주인은 멍게를 썰다가 말했다. 우리도 남는 게 없어요. 작작 드셨어야지. 나는 작작 먹었다고 주장했다. 내 인생도 남는 게 있어야 한다고 말했다. 3천 원만 깎아주면 남는 게 좀 있을 것 같다고 주인에게 매달렸다. 집에 갈 차비는 남기고 싶었다. 차비가 남으면 내 인생도 결국 남는 인생이 될 것 같았다. 실패했다. 밤새 걸었다. 집까지 걷다가 도중에 짐을 버렸다. 더럽게 머니까 버리게 된다. 그건 짐도 아니다. 검은 곰팡이와 붉은 개미의 집이다. 개미는 내가 설치한 독약을 부지런히 날랐다. 수천 마리가 줄지어 벽을 기어갔다. 장장 네 시간 동안 이어진 독약 나르기. 다음 날부터 개미는 한 마리도 보이지 않았고, 나는 내가 저지른 살생을 괴로워하는 척하며 술을 퍼마셨다. 그리고 개미처럼 머리 위에 독약을, 독약 같은 꿈을 짊어지고 집까지 걸어갔다. 줄지어 함께 걸어갈 동료 하나 없이, 혼자서. 모든 꿈꾸는 개미는 다 죽고 나 혼자 남았다. 당연한 결말이다. 나는 마흔이 넘었고, 여전히 꿈을 버리지 못했다. 사람들은 나를 마흔 개의 다리가 달린 개미처럼 쳐다본다. 그런

존재는 있을 수 없다는 듯이. 날이 밝았고, 나는 마흔 개의 다리를 잘라서 주머니에 억지로 쑤셔 넣었다. 그리고 아무렇지 않은 얼굴로 출근하는 사람들 사이를 두 다리로 걸었다. 그러는 동안 주머니 속 마흔 개의 다리가 나를 계속 걷어찼다.

언니는 낭독을 마치고 나를 쳐다보았다. 나는 고개를 숙이고 있었다. 고개를 들 수가 없었다. 도대체 우리는 왜 꿈을 버리지 못하고, 도대체 우리는 왜 이렇게 돈이 없나. 꿈과 돈이 연결되어 있다는 걸 나도 알고, 언니도 알았다. 꿈을 제대로 이루거나 완전히 버려야지만 돈을 벌 수 있다는 걸.

수미 언니는 맥주 캔을 들어 올리더니 가볍게 흔들었다. 맥주가 바닥났다. 나는 늘 그랬듯 맥주 사 올 돈이 없었고, 언니는 맥주와 담배 사이에서 한참 고민하더니 결국 담배를 사 왔다. 나는 언니가 내뿜는 연기를 피하기 위해 의자에서 일어나 스트레칭을 했다. 내가 요란하게 허리를 돌리고 팔을 휘두르면 언니는 웃었다. 수미 언니는 늘 커다란 앞니 두 개를 드러내며 웃었는데, 그때마다 나는 언니가 쥐 같다고 생각했다.

전시장 안으로 들어오자 사영의 표정은 눈에 띄게 밝

아졌고, 목소리 톤도 높아졌다. 수백 개의 부스가 넓은 전시장에 빼곡하게 들어차 있었다. 각 부스마다 포스터와 엽서, 스티커, 마스킹테이프, 배지 같은 것들이 진열되어 있었고, 매대 뒤편에 창작자가 앉아 있었다. 사영은 물건을 잔뜩 사들이기 시작했다. 엽서와 키링, 배지와 손수건. 룸메이트에게 선물할 손거울도 샀다. 나는 괜스레 메모지를 집었다가 내려놓았다. 낱장마다 귀여운 새가 그려져 있는 메모지였다. 책상 위에 놓아두면 기분이 좋아지겠지만 그것도 잠깐일 것이다. 결국 메모지가 있는 줄도 모르고 살아가겠지. 핸드폰 메모장을 쓰면 되니까 메모지는 필요 없어. 그렇게 몇 번이나 나를 설득했다. 3천만 원짜리 아파트를 발견했을 땐 사고 싶다는 마음이 치솟았는데, 3천 원짜리 메모지 앞에선 비싸다는 생각만 들었다. 나는 사영이 이거 귀엽지, 저건 어때,라고 물을 때마다 귀엽다, 사지 그래,라는 말만 반복했다. 전시장은 무척 넓었지만 의자가 한 개도 없었다. 나는 사영을 따라다니다가 지쳐서 어느 샌가 말수가 줄어들었고, 딴생각에 빠져들었다. 이렇게 많은 창작자가 자기 작품을 열심히 홍보하며 팔고 있는데, 도대체 난 뭘 하고 있는 걸까. 차라리 글이 아니라 그림을 택했다면 이런 마켓에 서볼 수라도 있었을까.

사영은 나를 돌아보더니, 부스 벽면에 붙은 포스터를 가리키며 물었다. 저거 어때? 나는 뭐라고 대답해야 하나 고민했다. 초록색 피망에 눈, 코, 입을 그려놓은 것인데, 아무런 감정이 느껴지지 않았다. 귀엽지도, 슬프지도, 웃기지도 않았다. 완벽히 무표정했다. 나는 솔직하게 말하기로 했다. 이걸 왜 사려고?

나 일할 때 늘 이런 표정이야. 감정을 조절하는 게 중요해서.

나는 그런 이유라면 무조건 사라고 말했고, 사영은 그 포스터를 구입했다. 그리고 무표정한 피망과 달리 활짝 웃었다. 나는 그제야 사영의 마음을 이해했다. 사영에게 서일페는 치유의 장소였다. 사영이 마음에 들어 했던 그림은 죄다 바라보고 있으면 졸음이 쏟아질 것처럼 온몸이 이완되는 그림이었다. 사영은 그런 그림들 앞에서 발길을 떼지 못하고 오랫동안 바라보았다.

언니, 저 그림 좀 봐. 사영이 가리킨 작품은 창작자가 각국에 여행을 다녀와 그린 것이었다. 그림체가 따듯하고 소박했다. 사영은 그림 속 기다란 식탁 앞에 둘러앉은 사람들을 들여다보며 중얼거렸다. 뭘 먹고 있는 거지? 사영은 그게 진심으로 궁금한 것 같았다. 엉뚱한 아이네. 나는 웃으며 그림을 자세히 살펴보았다. 커피 잔과 접시 같은 것만 보여서, 대단한 걸 먹고 있는 건 아니라고 말해주었다. 그러자 사영은 작게 웃더니, 대단한 건 뭐냐고 물었다. 그러게. 대단한 건 뭘까. 우리는 대단한 점심을 먹어보자고 말하며 발길을 재촉했다.

입장한 지 세 시간 만에 전시장 밖으로 나왔다. 사영의 가방은 묵직하게 찼고, 내 가방은 빈 물병만 굴러다녔다. 천 원짜리 엽서 한 장 사지 않았다. 나는 결국 아무것도 사지 않은 나 자신에게 놀랐다. 이렇게까지 참을성이 강하다는 게 약간 슬펐다.

에스컬레이터를 타고 코엑스몰로 내려왔다. 사영도 나처럼 배가 무척 고프다고 했다. 우리는 대단한 점심을 먹을 수 있는 식당을 찾아다녔다. 그리고 약속이나 한 듯 파스타 가게 앞에서 발길을 멈추었다. 대단하진 않지만 대단하지 않은 것도 아니야. 내 말에 사영은 고개를 끄덕였다. 적당해.

우리는 창가 테이블에 자리 잡은 뒤 메뉴판을 펼치고 머리를 맞댔다. 잠시 후 우리가 고른 파스타가 연달아 나왔다. 둘 다 배가 무척 고팠기에 한동안 말없이 파스타만 먹었다.

언니, 얼마 전에 프리랜서 청년들이 동반 자살한 기사 봤어?

나는 파스타 면발을 포크로 감으며 고개를 저었지만, 실은 알고 있었다. 반지하 방의 창문과 방문을 테이프로 단단하게 봉하고 연탄을 피웠다는 걸. 그러나 그것에 대해 말하고 싶지 않았다. 사영은 내가 모른다고 생각했는지 그들의 죽음에 대해 자세히 말해주었다. 유서를 남겼는데, 아무도 원망하지 않는다고 썼어. 그리고 미안하다고.

진심일까? 나는 그렇게 묻고 싶은 걸 참았다. 프리랜서로 살아가는 일이 얼마나 힘든지 나 역시 잘 알았다. 달마다 월급이 꽂히는 통장을 갖고 있는 사람들은 이 불안감을 절대로 모를 것이다. 불안이 깊어지면 불신으로 바뀌고, 나중엔 해일 같은 원망이 밀려온다. 그런데 미안하다니. 도대체 누구한테? 나는 자살자가 작성한 유서가 너무나 안타까웠다. 그냥 마음껏 원망하면 되는데. 그건 돈이 드는 일도 아니다.

둘 다 코로나 때문에 일감이 끊겼대. 어떤 마음으로 그랬는지 알 것 같아.

나는 그들의 죽음에 공감하는 사영의 모습이 어색하게 느껴졌다. 네가 이 세계에 대해 뭘 안다고. 너는 이 시대에 오히려 더 필요한 인력이 되었잖아. 물론 이런 말을 입 밖으로 내뱉진 않았다. 못된 생각이니까 마음속에서만 굴렸다. 혹시 수미 언니가 말한 수동적 공격성이란 게 이런 걸까?

사영은 포크를 내려놓더니 한참 동안 냅킨을 만지작거리다가 말했다. 언니, 지난달에 젊은 여자가 약을 먹고 응급실에 실려 왔거든. 근데 목숨엔 지장이 없었어. 환자

엄마가 연락을 받고 응급실에 왔는데, 둘이 만나자마자 심하게 싸우는 거야. 딸이 엄마 때문에 힘들어서 죽으려고 했다고 소리를 내질렀어. 그러니까 엄마가 화가 나서 그냥 가버렸거든. 그리고 그날 저녁에 목을 맨 자살자가 실려 왔는데, 보니까…… 그 엄마였어. 사망한 채로 발견되어서 할 수 있는 게 없었어. 그런데 그 딸이 그때까지 우리 병원에 있었거든. 이 사실을 알려줘야 하는데, 언니라면 할 수 있겠어?

나는 대답 없이 한숨만 내쉬었다. 도대체 그걸 어떻게 말해야 할까.

내가 모르는 일들을 사영은 아주 많이 알고 있을 것이다. 응급실에서 벌어지는 기가 막힌 죽음을. 두 눈을 의심하게 하는 끔찍한 상처를. 돌이킬 수 없는 훼손을. 극적인 회생을. 나는 근무복을 입고 응급실을 뛰어다니는 사영을 떠올렸다. 내가 한 줄의 아름다운 문장을 만들려고 다리를 떨며 앉아 있을 동안, 사영은 사경을 헤매는 사람에게 심폐소생술을 실시할 것이다. 그렇게 이 세상으로 돌아온 사람을 보고 안도하는 것도 잠시, 곧바로 응급실에 실려 온 또 다른 사람에게 달려가 그 사람을 구하겠지. 사람을 구하는 사영은 너무나 멋지다. 반면에 나의 문장은 도대체 누굴 구하고 있는 걸까. 나조차 구하지 못하는 건 확실했다.

언니, 응급실에 실려 온 사람이 죽으면 누가 정리하는

지 알아?

누가 하는데?

내가. 나 같은 간호사들이 해. 죽은 사람을 만지는 게 어떨 거 같아? 주사 라인 정리하고, 피 닦아주고, 옷을 갈아입히려면 사망한 환자의 몸을 만져야 하는데, 어떨 거 같아?

나는 아무런 대꾸 없이 포크로 피클을 쿡쿡 찌르기만 했다. 어떤 마음인지 알 것 같지만 과연 내가 정말로 아는 걸까 싶었다. 사영이 프리랜서의 삶을 뼛속까지 알기는 어렵듯이 나 역시 사망한 환자의 몸을 만지는 일이 어떤지 완벽히 알지는 못할 것이다. 그게 당연함에도 나는 커다란 간극을 느꼈다. 사영이 겪는 고통의 무게와 내가 겪는 고통의 무게 중 어느 것이 더 무거울까.

언니는 얼마를 받으면 죽은 사람을 만질 수 있겠어?

합당한 가격을 떠올리는 것보다 사영의 마음을 다치지 않게 하는 대답을 고르기가 더 어려웠다. 사영이 겪고 있는 고통에 내가 얼마나 공감하고 있는지 그 가격에서 여실히 드러날 테니까.

한…… 10만 원?

사영의 얼굴에 역력히 실망한 빛이 스쳐갔다. 언니는 10만 원 받으면 그 일을 할 수 있어?

글쎄. 할 수 있을 것 같은데.

언니, 죽은 사람의 몸을 만지는 건 생각보다 쉬운 일이 아니야. 집에 돌아와서도 그 감각이 손에 남아 있을 때가 많아. 나는 항상 그랬어.

그래서 얼마를 받는데?

3만 원.

사영은 내 얼굴을 빤히 쳐다보다가 말했다. 우리가 그 일을 해서 받는 돈은 3만 원이야. 사영은 그렇게 말하더니 파스타 접시로 시선을 옮기며 말했다. 사람들은 그러지. 한국은 의료 서비스가 좋은 나라라고. 뭐든 신속하고, 돈만 주면 어떤 검사든지 다 받을 수 있다고. 해외에서 의료 관광도 오는 나라잖아. 솜씨 좋고, 싸다고. 그런데 언니, 그건 의료인이 희생하고 있다는 뜻이야. 우리가 희생해서 사람들이 좋은 서비스를 누리는 거야. 그렇게 생각해본 적 있어? 없지?

없다. 그런 생각은 해본 적이 없다. 나 같은 비의료인은 더더욱 정확하고 빠른 의료 서비스를 원한다. 비급여 진료가 대폭 줄어들길 원한다. 건강보험료가 더 낮아지길 원한다. 의사가 더 친절하길 원한다. 간호사가 주사를 안 아프게 놓아주길 원한다. 24시간 원할 땐 언제든지 신속하게 의료 서비스를 받길 원한다. 그래, 의료 서비스. 그런데 사영아, 너는 그런 일을 해서 돈 많이 벌 거 아니야. 코로나 시국에 잘릴 걱정도 없을 거 아니야. 나는 그렇게 말하고 싶은 걸 참았다. 사영의 고통에 공감해주지 못해서 미안한 마음이 들기보다 사영은 나의 고통을 얼마나 이해하고 있을까, 그런 이기적인 생각만 들었다.

우리는 이렇게 서로를 잘 모르는데 마주 앉아서 파스타를 먹고 있는 이 시간이 무슨 의미가 있을까. 이 시간에 너는 환자를 한 명이라도 더 살리고, 나는 문장을 한 줄이라도 더 쓰는 게 낫지 않을까. 하지만 그렇게 해서 너는 정말로 환자를 살리겠지만, 나는 내 글을 살리지 못할 것이다.

언니, 내 말 듣고 있어?

나는 포크를 내려놓고 냅킨으로 입가를 닦았다. 사영은 갑자기 가방을 열더니 한참을 뒤적거리다가 스팸을 꺼냈다. 자그마치 여덟 개나. 저 무거운 걸 가방 안에 넣고 다녔다니.

명절 선물로 받은 건데 언니 주려고 가져왔어. 언니 스팸 좋아하잖아.

……어, 그래. 고맙다.

나는 스팸을 건네받아서 내 가방 안에 넣었다. 텅 비어 있던 가방이 금세 묵직해졌다. 동시에 사영에게 느꼈던 거리감이 확 줄어들었다. 이 아이만큼 나를 생각해주는 사람은 없어. 그런 과장된 감정이 치솟아 올랐다.

사영은 도대체 나를 왜 만나는 걸까. 우리는 아무런

공통점이 없다. 직업도 너무 다르고, 사는 환경도 다르고, 취향도 다른 편이다. 그럼에도 우리는 오랜만에 만나면 반가워 손부터 잡고, 함께 웃고, 속마음을 쉽게 드러낸다. 다른 사람에겐 하지 못하는 말을 한다. 이런 게 가능한 이유는 뭘까.

사영이라는 이름은 모래 사(沙), 그림자 영(影)이라는 한자로 이루어져 있다. 사영의 집 나간 엄마가 지어준 이름이다. 그는 인천에서 태어나고 자란 사람으로 사영을 낳기 전까지 록 밴드 보컬로 활동했다. 밴드명은 '발 없는 새'. 처음 발매한 앨범의 타이틀 곡은 「모래 그림자」였고, 그게 사영의 이름이 되었다. 그러나 이름과 달리 사영은 발 없는 모래처럼 가볍게 살지 않았고, 그림자처럼 존재감 없이 살지도 않았다. 체구가 작아도 어딜 가나 자기 몫을 해냈고, 당차게 자기 생각을 말할 줄 알았다. 집 나간 엄마에 대한 그리움을 드러내거나, 부양해야 하는 할머니를 버거워한 적은 한 번도 없었다. 나는 이 사회에서 번듯하게 자리 잡고 살아가는 사영을 만날 때마다 나까지 번듯해지는 기분이 들었다. 실은 전혀 번듯하지 못한 사람이었으니까. 나는 불 꺼진 극장에서 자기 자리를 찾지 못해 우왕좌왕하는 사람인 정도가 아니라, 영화가 시작되기 전 통로에 자리 잡고 앉아 공짜 영화를 보려는 뻔뻔한 사람이었다. 가끔 그런 생각이 들었다. 없는 자리를 만들어 내 자리라고 우기고 있다는 생각. 공짜를 지나치게 좋아한다는 생각. 공짜를 좋아하면 돈을 아낄 수 있고, 그렇게 아낀 돈으로 언젠가 3천만 원짜리 아파트를 사고 싶었다. 그건 서울의 집값에 비하면 훨씬 현실적이고, 노력하면 닿을 수 있는 지점이었다. 그런 꿈이라도 있어야 버티고 살지. 3천만 원짜리 아파트가 이 나라 어딘가에 있다는 걸 알아야. 그리고 꼭 필요한 한 사람도 있다. 나는 스팸으로 가득 찬 가방을 옆에 내려놓고 포근해진 마음으로 입을 열었다.

사영아, 내가 아는 어떤 언니가 있거든. 이 바닥에 오래 있다가 자살 시도도 몇 번 하고, 독립 출판으로 책도 몇 권 낸 언니야. 근데 책이 참 안 팔렸어. 책을 냈는지 아무도 모르는 거야. 그러다가 딱 한 명의 팬이 생겼대. 그 팬이 언니 글을 너무 좋아하는 거야. 그래서 계절이 바뀔 때마다 육개장 사발면 한 박스를 보내줬어. 언니는 그때마다 웃으며 좋아해. 언니가 육개장 사발면 사 먹을 돈이 없어서 그러는 게 아니야. 그건 알지?

알아.

나는 언니를 보고 이런 생각이 들었어. 단 한 사람만 믿어주고, 지지해주면 그 사람은 산다고. 그 언니 이제 자살할 생각 같은 거 안 해. 팬이 보내준 육개장 사발면 먹고 힘내서 글 써.

고개를 숙인 채로 내 말을 묵묵히 듣고 있던 사영은

이웃고 고개를 들더니 나를 빤히 쳐다보았다. 나는 촉촉하게 젖어 있을 거라고 예상했던 사영의 눈이 바싹 말라 있는 것에 당황했다. 사영은 천천히 입을 열었다. 언니, 그건 너무 낭만적인 생각 같지 않아?

뭐?

언니가 언니라고 부르는 걸 보면 언니보다 나이가 더 많다는 건데, 한 명의 팬을 위해 글을 계속 쓰면 그 언니의 미래는 어떻게 되는 건데? 그러니까 그 팬은 그 언니 인생에 결론적으로 도움이 안 되는 사람일 수 있어. 인생은 힘 줘야 하는 일과 힘 빼야 하는 일이 있어. 언니랑 그 언니는 힘 빼야 하는 일에 힘을 주는 게 문제 같아. 꿈은 힘을 빼야 하는 일이야. 현실은 힘을 줘야 하는 일이고.

나는 벌컥 화를 냈다. 야! 무슨 말을 그렇게 재수 없게 해?

사영은 대답 없이 내 가방을 가져가더니 자기 가방에 있던 물건 몇 가지를 옮겨 담았다. 서일페에서 산 것들이었다.

너 지금 뭐 해?

나 혼자 쓰려고 이렇게 많이 샀겠어?

놀라울 정도로 금세 화가 수그러들었다.

……고맙다. 잘 쓸게.

사영은 머뭇거리며 일어나려는 나의 손에서 빌지를 획 낚아챘다.

*

—애기들, 잘 지냈어?

수미 언니는 기분이 좋을 때마다 우리를 '애기들'이라고 불렀다. 생일 파티에 모였던 사람들을 제외하고 단톡방에 모르는 사람이 한 명 더 있었다. 프로필이 기본 설정 사진이라서 누군지 알 수 없었다. 그러나 그걸 눈치챈 사람은 나밖에 없는 것 같았다. 다들 자기 근황을 말하느라 바빴다. 코로나 때문에 실직한 사람이 두 명 있었는데, 운 좋게도 한 명은 곧바로 이직했고, 다른 한 명은 제법 괜찮은 아르바이트 자리를 구했다. 여전히 같은 일을 하며 놀듯이 일하고 있는 사람은 나뿐이었다. 수미 언니는 그런 내가 걱정되었는지 이렇게 물었다.

—심가진, 밥은 먹고 다니지?

나는 이 말이 농담인지 진담인지 구별되지 않아 어떤 반응을 보여야 할지 고민하다가 그냥 눈웃음 표시만 보냈다. 곧바로 맥주를 따서 잔에 붓고, 소주를 섞어서 들이켰다. 사영은 가장 늦게 단톡방에 입장했다.

수미 언니는 이제 다 모였으니 보여주는 거라며 예고 없이 한 장의 사진을 올렸다. 웨딩드레스를 입고 환하게 웃고 있는 언니의 사진이었다. 어깨 위에 떨어진 샹들리에 불빛 때문인지 언니는 빛이 났다. '애기들'은 소리를 내질렀다.

—대박! 언니 결혼해?

—누구랑?

그때까지 잠자코 있던 신원 미상의 사람이 입을 열었다. 안녕하세요. 다들 그제야 그의 존재를 알아챘다. 그는 언니와 결혼한 남자였다. 이미 혼인신고는 마쳤고, 결혼식만 남았는데 우리 모두를 초대하고 싶다고 말했다. 그러자 채팅방이 갑자기 조용해졌다. 다들 말이 없었다. 나는 통장 잔고를 떠올리며 축의금을 얼마나 낼 것인지 고민했다. 이윽고 한 명씩 입을 열기 시작했다.

—언니, 우리 직장은 친족 아니면 경조사 다 금지야. 격리되면 업무에 지장 생긴다면서.

—언니, 난 수험생 가르치잖아. 거기 갔다가 코로나 걸리면 애들한테 피해줄 수 있어. 수능은 한 번뿐이잖아.

—언니, 미안한데 나도 가기가 좀 그래. 우리 사무실은 같은 층에 직원이 70명이나 근무해. 부장이 맨날 조심하라고 난리라니까.

수미 언니는 대뜸 내게 말했다.

—가진아, 너라도 와. 너는 회사 안 다니니까 와도 되잖아.

나는 가고 싶지 않았지만 거절할 핑계가 떠오르지 않

았다. 결국 가겠다고 답하려는데, 그때까지 침묵하던 사영이 말했다.

—언니, 응급실은 지금 비상이야. 환자가 실려 와도 열 있고, 호흡기 증상 있으면 바로 음압병상으로 옮긴다고. 그마저도 몇 개 없어서 환자를 못 받을 때가 많아. 응급실에 실려 와도 치료를 못 받아서 죽을 수도 있는 거야. 이 시국에 결혼식이 중요해? 우리 거리두기 좀 지키자.

언니는 아무런 대답이 없었다. 나는 사영을 이해할 수 없었다. 이젠 그 정도로 친하지 않아서 결혼식에 가고 싶지 않은 마음일 텐데, 왜 저렇게까지 차갑게 말하는 걸까. 그러나 한편으론 사영이 부러웠다. 그런 핑계를 댈 수 있는 직장이라도 있다는 게 부러웠다. 나는 직장도 없고, 거절할 명분도 없어서 가고 싶지 않은 결혼식에 가야 되게 생겼으니까.

—알았다. 너희들 다 오지 마.

언니의 남편이 먼저 단톡방을 나갔다. 인사도 없이. 그리고 언니도 방을 나갔다. 그렇게 한명씩 방을 나가고, 결국 우리 둘만 남았다.

—사영아, 너 먼저 나가.

—언니는?

—나도 곧 나갈 거야.

사영은 아무런 대꾸가 없다가 이윽고 말했다.

—언니, 군산 그 아파트 사도 괜찮을 거 같아. 거기 살면 언니 말대로 매일 여행하는 기분이 들지도 몰라.

—그런가?

—응. 그러니까 3천만 원만 모아. 그 정도는 할 수 있잖아. 그치?

나는 그렇다고 답하는 대신 소주를 병째로 들이켰다. 그리고 병을 내려놓고 톡을 보냈다.

—그 정도만 할 수 있으면 나는 성공한 건가?

—성공한 거지. 멋지게 살 수 있는 거지.

—그래? 알았어.

잠깐 동안 우리 둘 다 말이 없었다.

—나 먼저 갈게, 언니.

—그래. 잘 가.

사영은 단톡방을 나갔다. 나는 아무도 없는 방에 남아 우리가 남긴 메시지를 보았다. 느닷없는 초대와 능수능란한 거절. 서글픈 위로와 지키지 못할 약속. 문장은 우리를 보호하는 갑옷이고, 찌르는 창이고, 잘라내는 칼날이고, 이어주는 교각이지만, 대체로 이 채팅방의 문장은 쓰레기에 가까웠다.

*

겨울이 끝나갈 무렵, 사영은 갑자기 병원을 그만두었다. 환자에게 폭행을 당한 뒤 심리적 후유증을 길게 앓았다. 그 환자는 긴급한 치료를 요하는 상태가 아니었지만 당장 병상을 내놓으라며 떼를 썼고, 조금만 더 기다리라고 말하는 사영에게 달려들어 뺨을 때렸다. 나는 그를 고소해버리라고 했지만 사영은 아무런 대답이 없었다. 내 말을 묵묵히 듣고만 있던 사영은 대뜸 군산에 가자고 말했다. 3천만 원짜리 아파트도 보고, 초원사진관에도 다녀오자고. 어딘가로 훌쩍 떠나고 싶은 그 마음을 십분 이해했기에 나는 선뜻 그러자고 했다.

열흘 뒤 우리는 군산으로 향하는 버스에 올랐다. 이틀간의 서치 끝에 근사한 게스트하우스를 예약했다. 그러느라 상당한 돈을 써버렸지만 이상하게도 아깝지 않았다.

언니, 그 아파트는 여기서 멀어?

우리는 초원사진관을 보고 나와 목적지 없이 걸었다. 그 아파트는 여기서 멀어,라고 답해야 하는데 선뜻 말이 나오지 않았다. 그 아파트를 보러 가야 하는데 자꾸만 미루고 있었다. 아파트라고 해놓고 실상은 아파트가 아니라 다 쓰러져가는 폐가이면 어쩌나. 혹은 주변에 아무것도 없거나, 우범 지역처럼 무서운 곳이면 어쩌나, 그런 생각들만 떠올랐다. 그 아파트를 직접 보고 싶지 않다는 걸 군산에 도착해서야 깨달았다. 그 아파트는 최후의 보루 같은 것이어서 절대로 실망하고 싶지 않았다. 직접 보지만 않으면 내 마음속에서 영원히 래미안보다 멋진 아파트로 남아 있을 것 같았다.

사영은 내 마음을 알아챘는지 아파트를 보러 가자고 재촉하지 않았다. 우리는 고즈넉한 거리를 하염없이 걸었다. 그러면서 군산에 살면 어떨까, 「8월의 크리스마스」를 다시 보고 싶다, 내일 아침엔 동국사에 가서 사진을 찍자, 여기 유명한 맥줏집이 있으니 찾아보자, 그런 말들을 길게 했다. 사영은 수미 언니가 당근마켓에서 무료 나눔 행사를 했을 때 받았던 마 원피스를 입고 있었다. 오래 앉아 있다가 일어나면 가로로 길게 접힌 자국이 선명하게 남는 하늘색 원피스였다. 사영은 그 원피스가 불편하다고 했다. 몸에 감기는 느낌도 거칠거칠하고, 구겨진 자국이 쉽게 없어지지 않아서 거울을 볼 때마다 오래된 헌옷을 입고 있는 기분이 든다고.

그래서 수미 언니가 무료 나눔을 해준 건가?

드라이 비용이 비싸서 나눔 한 거래. 원피스는 세일해서 2만 원에 산 건데, 드라이 비용이 8천 원. 그래서 못 입겠다고 나 준 거야. 언니는 그때 뭐 받았지?

나는 두 쌍의 커트러리라고 답했다. 그렇게만 말했을

뿐 그걸 몇 번 써봤는데 나무 손잡이에 칠을 제대로 하지 않아서 물이 닿으면 잘 마르지 않고, 그 상태로 방치해두면 썩은 내가 나서 결국 못 쓰게 되었다는 말은 하지 않았다. 수미 언니가 우리에게 준 물건은 어쩐지 번듯하지 못했다.

우리는 '가맥'이라는 간판이 달려 있으나 조금도 소담하지 않고, 오히려 매우 화려하고 커다랗기만 한 술집에서 맥주를 마시고, 소주도 마셨다. 골뱅이무침을 먹고, 먹태를 먹은 뒤 숙소로 돌아가는 길에 화요와 토닉워터를 샀다. 술병을 보물처럼 소중히 안아 들고 천천히 걸었다. 평온한 밤이었다. 우리가 가지지 못한 것들은 떠오르지 않고, 가진 것들만 떠오르는 드물게 평화로운 밤.

숙소에 도착하고 나선 번갈아 씻은 뒤, 화요와 토닉워터를 적당히 섞어서 나눠 마셨다. 그리고 나란히 침대에 누웠다. 뒤늦게 술기운이 올라와 천장이 빙그르르 돌았다.

사영아, 나 갑자기 이런 생각이 든다. 네 이름은 모래 그림자라는 뜻이고, 내 이름은 아름답고 참된 것이라는 뜻인데, 어쩐지 우리 이름이 바뀐 것 같다는 생각.

언니가 모래 그림자?

응. 넌 아름답고 참된 것. 너는 사람 목숨을 구하니까.

사영은 대답 없이 눈을 깜빡였다. 발치엔 과자 봉지와 스트링치즈 따위가 어질러져 있었다. 사영은 옆으로 돌아누웠다. 잠시 후, 잠든 줄 알았던 사영이 나직한 목소리로 입을 열었다.

언니는 언니 이름이 어울려. 나는 내 이름이 어울리고. 나는 엄마를 닮았는지도 몰라. 훌쩍 사라지고 싶다는 생각을 너무 자주하거든.

너 어디로 가고 싶니?

나는 사영이 금방 사라지기라도 할 것처럼 불안한 마음으로 물었다.

가고 싶지. 늘 어딘가로 가고 싶지. 사영은 이불을 끌어 덮더니 반듯하게 누우며 말했다. 언니, 내가 의료수가가 어쩌고 하면서 힘들다고 했잖아. 죽은 사람 만지는 거. 근데 내가 정말 힘든 건…… 그걸 일로 생각해야 하는 상황이야. 마음에 그늘이 지는데, 억지로 빨리 지워야 하는 게 힘들어. 안 그러면 응급실에서 일하기가 불가능하거든. 언니, 그거 알아? 응급실에 실려 온 사람이 죽으면 가족이 울잖아. 많이 우는데, 또 어떤 사람은 짧게 울어.

짧게 운다고?

응. 짧게 울고 괜찮아져. 그런 사람도 많아. 몰랐지?

몰랐어. 왜 그러지?

모르겠어. 여기서 계속 일하면서 정말 모르겠는 게 사람 마음 같아. 어쩌면 알아야 할 필요가 없는데 알려고 해서 일을 그만두게 된 건지도 몰라.

하긴. 가까운 가족이어도 마음을 모를 때가 많지.

예전에 응급실에 속이 쓰리다고 온 남자가 있었어. 근데 별다른 이상이 없어서 진통제만 주고 돌려보냈거든.

그런데?

다음 날 죽었어.

……

독살했대. 가족이.

나는 길게 침묵했다. 사영은 죽은 남자와 함께 응급실에 왔던 가족의 얼굴을 생생하게 기억하는 눈치였다. 사영은 응급실에서 일하는 동안 너무나 많은 것을 견디고 있었다. 그걸 당연하다고 생각하는 비의료인인 나의 마음이 싫었다. 그런 힘든 일을 견딜 수 있는 사람이 있어야 의료 서비스가 더더욱 나아질 거라고 생각하는 나 자신이 얄미웠다. 나는 사영을 향해 손을 뻗었다. 사영이 불시에 내 쪽으로 몸을 돌렸다.

사영아, 너 여기 왜 오자고 했어?

……그 집 보려고.

너는 그 집에서 안 살아도 되잖아. 돈 많이 모았을 거 아니야.

그래도 집은 못 사지. 그리고 나 돈 많이 못 모았어.

내가 돈 빌려 달라고 할까 봐 거짓말하는 거야?

사영은 웃기만 하다가, 자신을 향해 뻗어 있는 내 손

을 잡았다. 매번 놀랄 정도로 작은 사영의 손. 이렇게 작은 손으로 몇 명을 이 세상으로 데려왔을까.

언니, 우리 수미 언니 결혼식 가볼까? 언니가 사실 우리를 좋아했던 거잖아. 그러니까 그렇게 자주 연락했겠지.

우리가 언니를 배신했잖아. 코로나 걸렸다고 원망했잖아.

맞아. 그랬지. 그땐 언니가 코로나 걸렸다니까 미웠어. 할머니가 걱정돼서. 근데 생일 파티 해주겠다고 말한 건 우리잖아. 언니는 잘못 없어. 언니 그때 알바 잘리고 집에만 있었는데, 그런데도 걸렸잖아. 우리가 가면, 언니가 좋아하겠지?

좋아하겠지. 언니는 우리 말고 친구도 거의 없잖아.

그럼 가서 단체 사진 찍고 오자.

그래. 그러자.

나는 사영의 손을 놓았고, 사영은 눈을 감은 채로 오랫동안 말이 없었다.

하고 싶은 말이 있는데, 결국 하지 못할 것 같았다. 내가 3천만 원짜리 아파트를 사서 여기에 정착하면 날 보러 올 건지. 이곳에도 병원이 있고, 일자리가 있을 텐데 혹시 나와 함께 살 생각이 있는지. 모래 그림자가 아니라 단단히 발을 내린 모래로. '발 없는 새'로 활동하다가 사라진 너의 엄마와 달리, 발 달린 새로서. 앉고 싶을 때 앉아서 쉴 수 있는 새로서.

사영아, 내가 그 얘기 해줬나? 참새죽이기운동.

아니. 참새를 왜 죽여?

옛날에 중국에서 있었던 일이야. 참새가 농사를 망친다고 생각한 마오쩌둥이 참새를 모두 없애라고 명령했어. 그래서 씨가 마를 정도의 대학살이 시작됐지. 근데 학살 방법이 너무 단순하고 끔찍했어. 참새가 절대로 내려앉지 못하게 한 거야. 그 어디에도 내려앉지 못하게 했어.

그게 말이 돼?

말이 안 되지. 근데 그렇게 했어. 인간들이 독하게 그렇게 했어. 내려앉으려는 참새만 보면 계속 내쫓았어. 결국 참새는 공중을 계속 날다가 힘없이 떨어져 죽었어. 너무나 고단하고, 말도 안 되는 상황을 견디다가. 근데 사영아, 나는 이런 생각이 든다…… 집이 없는 우리도 그 참새 같다는 생각. 정착하지 못하는 우리가 바로 그 참새 같다는 생각. 어디에도 내려앉아서 쉴 수가 없잖아.

사영은 잠깐 동안 말이 없었다.

언니, 우리 내일 아침에 그 아파트 보러 가자.

나는 아무런 대답도 하지 않았다.

언니, 응급실에 실려 온 환자들은 겉으로 보이는 게 전부가 아니야. 그래서 정말 많은 생각을 해야 돼. 그냥 돌려보내면 갑자기 죽을 수도 있거든. 죽음을 향해 다가가는

데, 본인은 물론이고 아무도 그 사실을 모를 수가 있어. 그러니까 언니, 사람은 자주 만나서 서로를 잘 살펴봐야 해. 혼자 있으면 안 돼.

……그러고 싶어도 코로나 때문에 자주 보기 힘들잖아.

나는 사영의 말을 농담으로 받아쳤지만, 글쎄, 그건 나의 진심이 아니라는 걸 사영은 알 것이다.

같이 살자는 말을 할 수 없다면, 자주 보자는 말도 하고 싶지 않았다. 저 너머 어딘가와 이곳 어딘가의 사이에 우리가 서 있다는 것을 어떻게 설명해야 할까. 나는 우리의 감정을 조심스럽게 다루고 싶었다. 우정의 색깔이 다양하다는 것은 사랑이 하나의 감정으로 이루어져 있지 않다는 것과 같다. 그러나 이런 말을 어떻게 전달해야 너를 이해시킬 수 있을까. 무엇보다, 나는 왜 너에게 이해심을 요구할까. 그냥 이대로도 우리는 잘 지내는데. 하지만 시간이 많이 흐른 뒤에도 우리가 여전히 기숙사와 월세방을 맴돌고 있다면, 그것은 분명히 문제가 될 것이다. 언제쯤, 어디에 발을 내릴지 모른다는 것은. 일단 발을 내려야 그다음을 떠올릴 수 있을 테니까.

잠든 사영을 깨우지 않으려고 객실 문을 조용히 열고 밖으로 나왔다. 건물 바깥 계단에 걸터앉으니 부드러운 바람이 어디선가 자꾸 불어왔다. 마당은 고요했다. 휴대폰 지도 애플리케이션을 열어 그 아파트의 위치를 다시 확인해보았다. 주변에 숲이 많았다. 또 뭐가 있지. 마트는 있나. 사영이 좋아하는 분식집은 있나. 나는 그런 것들을 생각하며 그 집의 위치가 표시된 화면을 아주 오랫동안 바라보았다.

● '발 없는 새'는 영화 「아비정전」의 대사에서 차용했다.

인터뷰

이서수 X 이소

이소 최근 작품을 따라 읽기 벅찰 정도로 활동을 왕성하게 하셔서 독자로서 반갑고 즐겁습니다. 이 정도 양의 작업이면 전업 작가이실 줄 알았는데, 다른 일도 하고 있으시다고 들었습니다. 어떻게 일상의 균형을 맞추고 글을 쓰시는지, 혹시 다음 작품 계획도 준비되어 있는지 살짝 말씀해주실 수 있을까요?

이서수 예전엔 시나리오 각색 작업을 병행했지만, 작년 겨울부턴 거의 소설만 썼어요. 최근엔 소설 창작 강의를 시작했는데, 수업이 일주일에 한 번뿐이라서 여전히 전업 작가처럼 글을 쓰고 있고요. 일과는 소설 쓰기에 맞춰져 있어요. 오전 9시부터 오후 6시까지 글을 쓰고 책을 읽다가, 저녁엔 산책을 해요. 동네를 걸으면서 나무도 보고, 길고양이와 인사도 하고, 요구르트도 사 먹고요. 산책을 안 하면 다음 날 작업이 잘 안 되기 때문에 꼭 지키려고 노력해요. 주말에만 글쓰기를 쉬는데 마감이 임박했을 땐 계속 일을 해요. 규칙적으로 작업하고, 되도록 계획을 지키는 편이기 때문에 많은 양의 작업이 가능한 것 같아요.

다음 작품도 계속 쓰고 있는데, 지금은 중편 수정과 장편 완성에 집중하고 있어요. 하반기에 발표할 단편도 있고요. 연말엔 중편 소설이 단행본으로 나올 예정인데, 여성의 섹슈얼리티에 대한 이야기예요. 작년부터 계속 쓰고 있는 장편은 특정 직업군에 종사하는 여성(들)의 이야기고요. 2년 넘게 품고 있는 동안 생각이 조금씩 변해서 완성이 늦어지고 있어요.

그래도 고민하는 시간이 즐거워요. 책으로 나오면 그때부턴 제가 할 수 있는 일이 많지 않아서요.

이소 "언니, 젊은 사람들이 왜 자꾸 죽는 걸까"라는 사영의 질문에 가진은 대답 대신 요즘에는 집을 사고 싶어졌다고, 군산에는 3천만 원짜리 아파트도 있다고 말합니다. 자신의 처지가 '발 디딜 곳 없이 공중에서 버둥거리는 참새' 같다고 여기는 가진에게 어딘가에 있는 3천만 원짜리 아파트는 그나마 접근 가능해 보이는 '뒷배'가 되어줍니다. 실은 저도 소설을 읽은 후 부동산 애플리케이션에서 '군산 아파트'를 검색해보았는데요, 생각보다 집값이 비싸 조금 실망하기도 했고, 그런 저 자신에게 웃음이 나기도 했습니다. 우리에게 삶의 치욕을 버틸 수 있게 해주는 보험이자 부적이 고작 '싼 아파트'가 되어버렸다는 게 조금 씁쓸하기도 하고 무척 공감되기도 합니다. 어디에 살든 자신이 뿌리내린 곳에서 벗어나는 게 쉬운 일은 아닙니다만, 극단적인 수준으로 서울에 모든 자원이 밀집해 있는 우리나라에서 '탈서울'은 더욱 어려운 것 같습니다. 특히 문화예술 분야에 종사하는 젊은 여성의 경우, 이곳에서의 생활이 버겁지만 그렇다고 이곳을 벗어나면 생활을 꾸릴 수나 있는지 불안해집니다. 이서수 작가는 서울이라는 공간에 대해 꾸준히 고민해오셨는데요, 우리는 이 '서울공화국'에서 어떻게 살아가야 할까요. 아니면 과감하게 이곳을 벗어나야 할까요?

이서수 이 소설은 작년 여름에 썼는데, 그때 집을 사고 싶어 했던 친구와 군산의 아파트에 대한 이야기를 했어요. 지금은 그곳 부동산 가격의 상승세가 관련 기사까지 나올 만큼 화제이지만, 당시엔 소설에서 언급한 아파트보다 가격이 더 낮은 곳도 있었어요. 그것이 번듯한 아파트인지는 실제로 확인하지 못했지만, 어쩐지 확인하는 행위가 중요하지 않단 생각을 했어요. 가진이 그랬듯, 어딘가에 제가 살 수 있는 집이 있다는 게, 그것도 아파트가 있다는 게 안심이 되었거든요. 그때 이후로 한동안 부동산 사이트에 들어가서 전국의 아파트를 검색해보는 습관이 있었는데, 이상하게도 그곳에서 살아가는 저의 모습은 잘 그려지지 않았어요.

저는 서울에서만 살았고, 서울을 벗어나는 것에 두려움을 갖고 있어요. 서울을 사랑하는 게 아니라, 서울을 벗어나면 일거리를 구하지 못할지도 모른다는 공포가 있어요. 지금도 동네 상점가를 걷다가 아르바이트 구인 공고문을 보면, 자격 요건이나 근무 시간을 진지하게 가늠해보곤 해요. 밀린 원고 작업이 있어서 그 일을 할 수 없더라도 구인 공고문을 그냥 지나친 적은 없어요. 청탁이 더 이상 들어오지 않거나, 돈이 더 필요한 일이 생기면 언제든 취업 시장에 뛰어들어야 한다는 강박이 있기 때문인 것 같아요.

저는 서울에서 풍족하게 살고 있진 않지만, 서울이 나를 굶어 죽게 내버려두진 않을 거라는 믿음이 있어요. 그래서 서울을 벗어나는 일은 저로서는 불가능해요. 용기 있게 귀촌을 선택한 사람들에 대해 관심을 갖고 있지만, 아직까진 귀촌 박람회에 가보는 정도는 아니고요(사실 가볼까 말까 고민은 했어요). 최근 물가가 많이 오르면서 서울에서 살아가는 게 더 힘들어졌단 생각이 들지만, 이럴 때일수록 상대적으로 일자리가 많은 서울에 있어야 한다는 강박이 또다시 작동하고 있는 것 같아요.

고물가 시대에 서울에서 살아가는 일이 팍팍하긴 하지만, 이런 상황에서도 절망하지 않고 집에서 채소를 기른다든지, 간소하지만 맛있는 집밥을 해 먹는다든지 하는 노력으로 암울한 상황을 헤쳐 나가는 사람들이 눈에 띄어요. 마당은커녕 베란다조차 없어서 주방 한 귀퉁이나 방 한 구석에 스티로폼 박스를 가져다놓고 채소를 기를망정, 그런 노력을 하고 있다는 것이요. 저도 식물 키우는 걸 좋아하는데, 이젠 먹을 수 있는 식물을 키워야겠다고 다짐하고 있어요. 어쩌면 서울에서 살아가는 건 자주 마음을 졸이며, 가난을 절감하며 살아가야 한다는 의미인지도 모르겠어요. 그렇다고 서울에서의 삶을 척박하게만 느끼고 싶지는 않기에 요즘은 지역 커뮤니티에 관심을 갖고 있어요. 같은 동네에 사는 이웃은 어떤 사람들일까, 어떤 모습일까, 그런 것이 예전부터 궁금했는데 이젠 얼굴을 마주하고 부대끼면서 알아가고 싶은 마음이 들어요. 저의 관심사가 잘 아는 친구나 지인들에게서 몰랐던 이웃에게로 옮겨 가고 있는 것 같아요. 돈 걱정으로부터 자유롭진 않더라도 다양한 즐거움을 추구하며 살아가는 사람들의 모습이 궁금해요. 현실적인 문제 때문에 고민하면서도 삶의 재미와 희망을 찾으려 끊임없이 노력하는 사람에게서 에너지를 나누어 받고 싶고요. 결국 그런 고민을 서로 나누는 것이 서울 생활을 버티게 해주는 힘이 되는 것 같아요.

이소 이서수 작가의 작품에는 일하는 여성들이 입체적으로 상세히 그려집니다. 「미조의 시대」•에서는 과거에 가발을 생산하던 구로 공단이 현재는 성인 웹툰을 만드는 구로 디지털 단지로 탈바꿈했으나 여전히 젊은 여성들의 집약적 노동으로 지탱되고 있다는 변함없는 사실을, 장편소설 『헬프 미 시스터』(은행나무, 2022)에서는 전통적인 노동운동으로는 해결할 수 없는 새로운 플랫폼 노동에 관한 문제를 인상적으로 다루신 바 있습니다. 「발 없는 새 떨어뜨리기」에서도 응급실에서 근무하는 간호사와 배달 노동을 하는 프리랜서 예술가가 등장하여, 자신의 노동을 둘러싼 고민과 고통을 나눕니다. 그런데 이 작품에서도 그러한 것처럼, 문학이 노동에 관해 다룰 때 예술과 노동의 관계에 대해서도 고민하지 않을 수 없습니다. 창작하는 사람들이 겪는 어려움의 상당 부분이 노동과 관련된 문제라고 생각합니다만, 창작이 완벽하게 노동과 일치하느냐고 묻는다면 꼭 그렇다고 말하기도 어려울 것입니다. 늘 고민하는 문제지만, 부끄럽게도 저는 아직 이에 대해 정리된 생각을 가지고 있지 못합니다. 그래서 "이 시대에 오히려 더 필요한 인력이"

• 김리윤 외, 『시소 첫번째』, 자음과모음, 2022.

된 간호사 사영을 바라보며 가진이 속으로 삼키는 이 말이 너무나 와닿았습니다. “나의 문장은 도대체 누굴 구하고 있는 걸까. 나조차 구하지 못하는 건 확실했다.” 예술 분야에 종사하는 사람이라면 누구나 해볼 만한 고민이고, 또 해야 하는 고민이라고 생각합니다. 삶은 예술에 의해 지탱되지만 생활은 예술로 지탱될 수 없는 이 현실 속에서, 창작과 노동의 관계에 대해 어떻게 생각하시는지 궁금합니다.

이서수 사영은 실제로 간호사로 일하고 있는 친구를 모티프로 한 인물이에요. 그 친구를 만나 일에 대한 이야기를 하면, 제가 하는 일의 본질에 대해서 가끔 고민하게 될 때가 있어요. 그 친구가 하는 일에 비해 제가 하는 일은 구체성이 부족하다는 생각이 들었고, 친구는 사람의 목숨을 구하는데 나는 누굴 구할 수 있을까, 그런 생각도 했고요. 다른 직업을 가진 친구를 만나도 역시 제가 하는 일의 구체성에 대해 종종 생각해요. 문장을 쓰는 일, 그건 누구에게 도움이 되는 일일까 하고요. 제가 글을 쓰지 않더라도 이미 너무나 많은 작가가 좋은 글을 쓰고 있는데, 나까지 글을 쓰겠다고 주장하는 게 가끔 부끄러울 때도 있었고요. 과거엔 그런 생각을 정말 많이 했고, 지금은 조금 덜 하지만, 그건 마음의 훈련이 되었기 때문이지 해답을 찾았기 때문은 아니에요.

글 쓰는 일도 노동이라고 말할 수 있느냐고 묻는다면 저는 당연히 노동이라고 답해요. 그런 질문을 하는 사람들이 꽤 많은데, 아마도 예술 분야 종사자의 창작 노동에 의구심을 갖는 마음이 있기 때문인 것 같아요. 그래서 제가 아침 9시부터 오후 6시까지의 작업 방식을 고수하는 것인지도 모르겠어요. 사실 그 시간에 집에 있으면, 공동 주택에서 사는 경우엔 난감한 일이 종종 생기기도 해요. 늘 집에 있는 사람이라는 인식 때문인지 자주 문을 두드리며 말을 걸기도 하고요. 저도 집에서 열심히 일한다고 생각하지만, 다른 사람들의 인식으론 그렇게 보이지 않을 때가 많은 것 같아요. 몇 번 그런 경험을 하다 보니, 이젠 안정적인 작업 환경을 확보하기 위해 같은 건물에 살고 있는 이웃에겐 프리랜서 작가라는 사실을 숨기며 살게 되었어요. 가끔 그런 의문이 들어요. 글 쓰는 삶, 창작을 전업으로 하는 삶이 왜 타인의 눈엔 그다지 성실하지 않은 삶을 살고 있는 것처럼 보이는 걸까. 왜 나의 직업을 밝히면 돌아오는 답변이 한가지일까(그걸로 밥벌이가 가능하냐는 물음이요). 아마도 살아가는 데 꼭 필요한 것을 생산하는 게 아니라는 인식 때문인 것 같아요.

저는 일에 대한 이야기를 할 때 이 일이 얼마나 힘든지 열심히 설명하고 있는 자신을 발견하고 씁쓸해지곤 해요. 고정된 수입이 없기에 불안정한 생활을 감내해야 하며, 금융 대출은 물론이거니와 4대 보험에 이르기까지 포기해야 할 것들이 너무 많다고요. 그럼에도 왜 글을 쓰는지 묻는 사람들이 있어요. 처음엔 재미를 느끼는 일이어서 선택했다고 말했지만, 지금은 이 세상이 조금이라도 더 나아지길 원하기 때문에, 폭력적인 것에 대항하는 가장 비폭력적인 방법으로 글쓰기를 선택했기 때문이라고 답해요. 조금 거창하지요. 하지만 거창하게 말하지 않고 개인적인 재미에 초점을 맞추어 말하면, 제가 하는 창작 노동에 의구심을 갖는 사람들이 생긴다는 것을 깨달았어요. 하고 싶은 걸 다 하고 사는 사람, 그러므로 늘 행복할 것 같은 사람, 행복하지 않다고 말하면 안 되는 사람이라는 오해와 압력을 받기도 했고요. 사실 저는 상대의 그런 태도가 저에게 폭력으로 작동한다는 것을 오랫동안 모르고 살다가 올해부터 조금씩 깨닫게 되었어요. 그래서 이젠 그런 폭력으로부터 저를 멀리 두려고 노력해요.

창작 노동자로 살아가는 건 양가적인 감정을 수시로 오가게 되는 일인 것 같아요. 어느 날은 좋아하는 일을 직업으로 만든 자신이 대견하다가도, 다음 날엔 노후 고민을 하다가 자신이 대책 없는 인간으로 느껴지기도 하고요. 노동 자체에 대해선 누구나 고민을 하지만, 창작 노동은 감정 기복이 심한 상태를 초래할 때가 많은 것 같아요. 그래서 저는 일부러 더 규칙적인 생활을 하려고 노력하고, 현실적인 문제도 어떻게든 대비하려고 해요. 물론 부양해야 할 가족의 주거와 노후를 대비해야 하는 문제도 있고, 과연 서울에서 주거 안정이 가능한 것인가 의문이 들 때도 많지만요. 지난번엔 어느 집 마당에 심어놓은 복숭아나무를 보고 너무 예쁘다는 생각이 들어서, 언젠가 마당 있는 집에 살게 된다면 복숭아나무를 꼭 심어야지 하고 생각했는데, 복숭아나무를 심는 건 어려운 일이 아니지만 마당 있는 집에서 사는 건 너무 어려운 일이라는 걸 깨달았어요. 그래도 그런 꿈을 간직하며 살아가는 건 중요한 것 같아요.

창작의 결과물이 살아가는 데 꼭 필요한 것이 되진 못하더라도, 누군가에겐 삶을 견디게 하는 기둥이 된다고 믿어요. 제가 그랬으니까요. 책이 없다면 이 세계를 있는 그대로 받아들여야 하는데, 그러면 벼랑 끝에 선 기분으로 살아갈 것 같아요. 저는 창작물을 통해 이 세계를 해석하고 나서야 앞으로 발을 내디딜 용기가 생겨요. 그래서 창작 노동에 대해 열렬한 지지의 마음을 갖고 있고, 저 역시 그런 사명감을 가지려고 노력하고 있어요. 잘되지 않더라도 그런 마음이 아예 없는 것보단 나아서요.

이소 「미조의 시대」에서 미조와 수영이 그랬던 것처럼, 이 소설에서도 사영과 가진, 두 여성의 관계가 흥미롭습니다. 인물들은 분명 서로에게 강한 애정과 믿음을 갖고 있지만, 호감을 초과하는 현실적 상황에 노출되며 서로를 향한 감정이 엉켜버리기도 하고 상처를 주고받기도 합니다. 인물들은 다소 체념하는 태도로 상대를 이해할 수 없음을 인정하면서도, 서로에게서 너무 멀리 떨어지지 않도록 끊임없이 두리번거립니다. 이런 모습은 남-녀의 이성애적 사랑에서 성별만 여-여로 바꾼 것이 아니라, 전혀 다른 색깔과 모양의 관계가 성립하는 것처럼 보이기도 합니다. 흔히 말하는 것처럼 '우정이냐, 사랑이냐'로 구분되지 않는 관계, 어느 쪽으로든 결론에 도달해야 한다는 압

박에서 벗어난 관계처럼 보여 인상적입니다. 하지만 우리의 감정은 제도나 법에 의해 억압과 제한만 받는 것이 아니라, 사회적이고 역사적인 전통과 형식의 도움을 받아 형상화되고 육성되기도 합니다. 그런 것들이 나와 상대의 마음을 쉽게 갈무리할 수 있도록 도와주는 안전판이자 참고 문헌이니까요. 그래서 이렇게 '당연하게' 기댈 수 있는 감정의 매뉴얼이 지워진 인물들은 부단한 '관계 실험' 중인 것으로도 보입니다. 아직 실험이 끝나지 않은 것으로 보입니다만, 그래도 이 흥미로운 인물들의 관계에 대해 조금 더 부연해주실 수 있을까요.

이서수 아마도 제가 명확한 관계와 선택이라는 것에 대해 의문을 갖고 있는 상태여서 이런 관계 실험이 반복되고 있는 것 같아요. 저는 'A 아니면 B'라는 방식에 자주 의문을 느껴요. '우정 아니면 사랑'은 가장 상투적으로 반복되어온 질문이고, 사랑의 방식에 있어서도 오로지 한 사람을 택해야 한다는 사회적 관념이 있어요. 1980년대 초반에 태어난 여성으로서 저는 이성애자 남성과 결혼해 '현모양처'가 되지 않으면, '노처녀'가 되어 평생 히스테리를 부리며 부모의 근심거리로 살게 될 거라는 예언에 가까운 교육을 받았어요. 작가라는 직업을 택할 때에도 '밥벌이 아니면 꿈'이라는 선택지 안에서 고민했고요. 그러나 지금은 둘 중 하나를 선택해야 할 때 의구심부터 품는 상태예요. 왜 꼭 둘 중 하나여야 하지?

우리가 두 개 이상의 범주를 생각해보려는 노력을

했는지, 그런 상상이 가능한 장을 만들어왔는지를 돌아보게 돼요. 아마도 문학이 저에겐 그런 장을 만드는 공간으로 적합하다는 생각을 했던 것 같아요. 실제로 뛰어들지 않더라도 사고 실험만으로 충분히 가능하고, 간접 경험이긴 하지만 많은 사람과 경험을 공유할 수도 있고요. 물론 제 실제 삶에서도 실험을 이어가고 있어요. 제 삶도 다양한 선택지로 열려 있는 상태이고, 그 선택지를 하나씩 더 늘리는 것이 저의 사명인 것처럼 살아가고 있어요. 왜 A 아니면 B인가. C나 D는 없는가. A와 B를 동시에 가질 수는 없는가. 인간의 감정이 원래 자로 긋듯이 명확하게 구별되는 것인가 하는 고민과 함께요.

생각의 방향은 어디로든 뻗어갈 수 있다고 믿기에 사회적으로 고정된 잣대와 규범에 맞추려고 노력하진 않아요. 특히 소설을 쓸 땐 편견으로 자리 잡은 틀을 깨려고 노력해요. 표현하고 싶은 것을 표현하지 못하고 다수의 눈치를 보며 쓴 소설은 굳이 문학으로 형상화되지 않아도 모두가 잘 아는 내용일 테니까요. 저는 우리에게 주어진 공간에 맞춰서 양분해놓은 두 가지 선택 사항을 양 옆으로 밀고 가운데에 다른 선택지들을 끼워 넣고 싶어요. 그러면 살아가기가 더 수월해지고, 다층적인 재미를 느낄 수 있을 것이라는 대단히 낙관적인 생각을 하면서요. 더욱 혼란스러워질 뿐이라는 염려가 있을지 몰라도, 저는 인간이 너무 오랫동안 관계의 혼란스러움을 양자택일의 선택지 안에서 정리하려 했다는 생각을 버릴 수가 없어요. 이젠 새로운 선택지가 제시되어도 괜찮지 않을까요. 양자택일 안에 들어서지 못하고 배제되었던 감정과 관계를 끌어내서 들여다봐도 되지 않을까요.

사영과 가진의 관계를 그릴 때 제가 중점적으로 생각했던 건 사영이 우정도 사랑도 아닌 자신들의 관계에 대한 정의를 갖고 있다는 것이었어요. 저는 사영과 가진의 관계에서 혼란보다 결속된 유대를 먼저 느껴요. 그리고 저의 소설에선 이런 관계가 유독 여성 인물들 사이에서 발생하는데, 그 이유는 제가 이제까지 살아오면서 목격한 광경 속에서 서로를 따듯하게 돌봐주고, 애틋한 감정을 표현한 사람들은 대부분 남성이 아니라 여성이었기 때문인 것 같아요. 그래서 자연스럽게 여성 인물들로 그러한 관계를 표현하는 것 같고, 앞으로도 그런 기조는 계속될 것 같아요. 그러나 양자택일의 선택지를 벗어나야 한다는 생각도 하기에, 성별 이분법을 깨뜨릴 준비도 하고 있어요.

이 관계 실험의 끝이 향하게 될 세계가 제 머릿속에선 어렴풋하게 존재하고 있는 것 같아요. 어쩌면 처음부터 그 세계를 향해 밑그림을 조금씩 그리며 달려가고 있는 건지도 모르고요. 어떤 세계로 완성되든, 그 세계에선 이분법이 아닌 다양한 선택과 다층적 이해가 존재할 거라고 믿어요. 그 세계를 향해서 차곡차곡 벽돌을 쌓아가고 있어요.

이소 두 여성의 관계를 그려내는 이 작품의 조심스럽고 은근한 방식에 대해 섹슈얼리티와 관련하여 조금 더 여쭙고 싶습니다. 저는 이렇게 매뉴얼이 주어지지 않은 관계의 재현을 매력적이라고 생각합니다만, 다른 한편으로는 이런 재현이 정치적으로나 경제적으로나 전방위적인 폭력 속에 섹슈얼리티가 상당 부분 위축된 상황과 동궤에 있는 건 아닌지 생각하게 되기도 합니다. '성이 억압되었다'라는 식의 말을 하려는 것이 아닙니다. 소위 '숨겨진 욕망 찾기'나 '억압된 욕망 해방하기' 같은 것을 말하는 게 아니라, 좀더 근본적인 차원에서 우리 시대에 욕망의 전환이 진행 중인 건 아닌지 궁금합니다. 오랫동안 '개인'의 삶에서 섹슈얼리티는 대단히 중요한 것이었고, 누구나 그 막강한 에너지를 믿었기에 최근 섹스리스 퀴어 서사에 대한 비판도 제출된 바 있습니다. 저 역시 여기에 동의하는 바가 없지 않지만, 그보다는 지금이 우리의 욕망 자체가 재구성되는 시기 같기도 합니다. 그러니까 레즈비언 서사를 유토피아적이고 대안적으로 그리느라 섹슈얼리티를 지우고 억압하는 것이 아니라, 이미 우리에게는 성적 욕망만큼이나 강력한 욕망들이 존재하고, 그 욕망들이 서로 경합하고 결합하는 과정이 아직 끝나지 않은 것 같다는 생각이랄까요. 간단히 말해, '억압된 욕망의 문제'가 아니라 '욕망을 재구성하는 문제'라고 해야겠지요. 이서수 작가는 여러 작품을 통해 다양한 욕망과 관계와 구조가 겹쳐진 상황에서 우리가 그 압력을 어떻게 버텨낼지에 대해 모색하고 있습니다. 만약 우리에게 더 이상 '해체'와 '해방'이 긴급한 문제가 아니라면, 무엇을 어떻게 재구성할지에 관한 문제가 더 중요한 것이 되었다면, 이럴 때 문학이 할 수 있거나 해야 할 일은 무엇이라 생각하시는지요.

이서수 저 역시 해방을 더 이상 긴급한 문제로 볼 수는 없다고 생각해요. 그렇다고 해방을 테마로 한 소설이 저의 관심사가 아니라는 의미는 아니에요. 여성의 해방에 대한 이야기라면 아직도 많이 부족하다고 생각해요. 사회적으론 인식이 많이 바뀐 듯 보이지만, 여성 작가에 의해 문학으로 형상화된 여성의 섹슈얼리티에 대한 이야기는 그리 많이 떠오르지 않거든요. 늘 그런 이야기를 기다리고 있고, 저도 그런 종류의 작업을 계획하고 있어요.

다만 제가 지금 하고 있는 작업은 세분해서 보면 조금 다른 이야기예요. 성적 욕망에 강하게 끌리는 사람들이 다수라고 하더라도, 그와 결이 다른 욕망을 갖고 있는 사람들도 분명히 존재할 거라고 생각했어요. 지워진 목소리가 있을 거라고요. 그런 생각이 결국 소설 작업으로 이어진 것 같아요.

'보스턴 메리지'라는 게 있죠. 서로 사랑하는 레즈비언 커플이 섹슈얼리티가 배제된 삶을 함께 영위하는 형태의 결합이에요. 흔히 권태기로 치부하는, 성적 욕망이 사라지는 시기에 대한 이야기가 아니고, 성적 욕망이 상당히 낮은 사람들에 대한 이야기도 아니에요. 단지 섹슈얼리티에 중점을 두지 않기로 한 관계에 대한 이야기예요. 보스턴 메리지가 처음 언급된 시대엔 대다수의 사람들이 이러한 방식의 결합을 전혀 이해하지 못했을 거예요. 진정한 결합이 아니라고도 생각했겠지요. (어쩌면 지금도 그렇게 생각하는 사람이 있을지 모르고요.) 하지만 저는 섹슈얼리티를 제거한 방식의 결합이 시대를 대단히 앞서간 것이라고 생각했어요. 어쩌면 성적 욕망이라는 것은 제가 그토록 싫어했던, 예언에 가까운 교육과 세뇌가 아니었는지 약간의 의심마저 해보게 되었고요.

이런 관계가 불가능할까요. 제가 단편을 통해 자주 그리고 있는, 우정인지 사랑인지 모호한 관계이지만 당사자들은 자신들이 그런 지점에 있다는 것을 알고 있고, 그럼에도 조급해하거나 혼란스러워하지 않는 상태로 감정적 끌림과 서로를 향한 애틋한 마음 같은 것들을 섹슈얼리티보다 소중하게 여기며 가꾸고, 그런 서로의 마음을 받아들이는 관계요. 어쩌면 살아가는 데 필요한 것이 점차 바뀌고 있는 건 아닐까요. 성적 욕망의 충족을 우선시하는 게 아니라 비폭력적인 태도로 서로를 대하고, 소유하듯이 관계를 통제하지 않고, 육체의 떨림보다 감정적 끌림과 안정을 더 중요하게 생각하는 방향으로요. 성적 욕망의 충족은 비우고 채우는 과정에서 허무함이 발생할 수 있고, 육체적 결합이 끝나면 결국 혼자가 되지만, 돌봄 욕망의 충족은 물리적 거리가 중요하지 않고, 나이가 들어감에 따라 점점 더 필요한 것이 되어가니까요. 이들의 관계를 우정이냐, 사랑이냐 하는 질문으로 판단 내려야 할까요. 그저 필요한 것을 찾아가는 자연스러운 변화가 아닐까요.

저는 어떤 우정은 사랑에 가깝고, 어떤 사랑은 우정에 가깝다고 생각해요. 다층적 정의와 이해가 우리에게 필요하다고 생각해요. 이제 우리에겐 성별 이분법과 성차에 따라 이성애 기반의 결혼을 하고, 아이를 낳아 기르며, 고정된 성 역할을 충실히 수행하는 것이 더 이상 필요하지 않은 것 같아요. 성별을 떠나, 성차를 뛰어넘어 서로를 돌보는 따듯한 태도와 자세가 필요한 것 같아요. 사랑인지 우정인지 판단하라고 강요하는 대신 당신을 웃게 하는 사람인지, 마음 놓이게 하는 사람인지 그것부터 생각하라고 말해야 할 것 같아요. 커플에게 의무처럼 부과되는 성적 행위보다 일상을 풍요롭게 해줄 대화와 과거의 보편과 다른 방향으로 향하고 있다는 의지가 중요한 것 같아요. 저는 기존의 관계 양상을 부인하는 건 아니에요. 선택지를 넓히자는 것이죠.

욕망을 재구성하는 시대에 당면함에 있어서 문학이 지령이나 강령처럼 무언가를 알려줄 수는 없다고 생각해요. 당연히 작품 속 인물이 중심이 되어야 하고, 인물의 감정선을 따라가면서 독자가 간접 경험할 사건과 공유할 감정이 중요하겠지요. 그것으로 우리 모두가 미래를 대비하고 있다고 생각해요. 작가는 소설을 쓰면서 시대의 미래와 자신의 미래를 함께 대비하고, 독자는 소설을 읽으면서 그러한 두 가지 미래를 대비하고요.

어떤 시대를 살든 소설가는 그 시대의 병리적 증상을 몸살처럼 겪는 것 같아요. 그걸 자기만의 방식으로 표현하든지, 해독제를 찾든지 해야겠지요. 그리고 그것이 문학이라는 방식으로 발현될 때, 소설가는 자기 역할을 다 하였다고 생각해요. 시대를 앓고, 미래를 열병처럼 느끼고, 욕망을 재구성하고 재구성된 욕망을 해체하고 해체된 욕망을 다시 재구성하길 끊임없이 반복하는 과정이 문학에 고스란히 담겨야 할 것들이라고 생각해요. 그러므로 작가는 더욱 용기를 가져야 하고, 힘껏 앓아야 하고, 머리를 싸매고 고민해야겠지요. 저도 그렇게 할 것이고요. 작가는 고뇌의 길에서 벗어날 수 없고 자주 길을 잃고 헤매겠지만, 문학은 늘 다음 세기를 향해 걸어가며 폭력적인 것들을 독초 뽑듯이 제거하고, 다양성을 해처럼 바라보며 나아갈 것 같아요. 저는 그렇게 낙관하고 있어요.

이소 이 소설에는 다양한 이야기들이 피었다 집니다. 사영이 가진에게 전해주는 '응급실에 온 사람들'의 사연, 수미가 가진에게 읽어주는 '독약을 나르는 개미' 이야기, 가진이 사영에게 들려주는 '참새죽이기운동' 이야기가 그렇지요. 이들은 가장 내밀한 마음에 대해 말할 때, 다른 사람의 이야기를 빌려 말하거나 우화적인 방식으로 바꿔 말합니다. 제게는 이런 방식이 흥미로웠습니다. 만약 우리의 삶이 이야기라면 그건 하나로 정리될 수 있는 '삶의 이야기'가 아니라 다양한 이야기들이 끊임없이 경합하는 '이야기들의 삶' 같은 것이겠지요. 그러니 우리에게 고통을 주는 것도 단 하나의 이야기가 아닌 이야기들일 테고, 우리가 희망을 찾을 수 있는 곳도 그 이야기들의 마주침과 틈새일 것입니다. 그래서 저에게는 이렇게 '이야기 속 이야기들'을 통해 상황의 비극성을 드러내고 동시에 가느다란 희망 같은 걸 가까스로 추출하려는 시도가 우리의 세계에 대한 작가의 태도를 암시하는 것처럼 느껴집니다. 한 편의 이야기인 소설 내부에 다수의 이야기를 삽입하고 배치하는 것에 대해 조금 더 여쭙고 싶습니다.

이서수 우리의 삶은 직선 구조라기보단 중심을 맴도는 구조에 가까워 보여요. 중심에서 멀어지며 점점 커지는 원을 그리다가 다시 중심에 가까워지며 점점 작아지는 원을 그리길 반복하는 거죠. 다른 사람의 이야기나 우화적인 이야기를 만들어 들려줄 때, 맴도는 것과 비슷한 구조가 발생해요. 중심으로 곧장 걸어가지 않고 원을 만들며 돌아가면 생각할 시간을 벌 수 있고, 자신의 마음을 살펴보며 나아갈 수도 있어요. 제가 모든 작품을 이러한 방식으로 쓰는 것은 아니지만, 이 소설에선 유독 그렇게 한 것 같아요.

아무래도 조심스러웠기 때문일 거예요. 이 소설로 인해 누구도 상처받지 않길 바라는 마음이 있었어요. 프리랜서 작가인 가진의 마음은 저도 같은 처지이기에 쉽게 공감이 갔지만, 그래도 직접적으로 드러낼 땐 조심해야 한다는 생각을 했어요. 응급실 간호사인 사영의 마음 역시 표현하기가 조심스러웠어요. 응급실에서 어떤 일이 일어나는지 저는 들어서 알 뿐이지 직접 겪은 건 아니니까요. 사영이 사망한 환자와 접촉하는 일을 고통스러워하는데, 그걸 꼭 써야한다고 생각했지만, 그 마음을 내가 감히 표현해도 될까 하는 생각에 무척 조심스러웠어요. 그래도 독자에게 응급실 간호사의 세계를 전해주고 싶었고, 사영이 어떤 마음인지 알려줘야 했기에 고민 끝에 응급실에서 본 사람들에 대한 이야기를 전달하는 방식을 택했어요. 그러면 독자가 자연스럽게 사영의 상황에 스며들 거라고 생각하면서요. 물론 소설을 쓸 때 이러한 경로를 치밀하게 계산하고 쓴 건 아니에요. 이런 마음이 드는데 어떻게 해야 할까, 고민한 끝에 나온 결과물이죠.

소설 쓰는 일을 하고 있기 때문인지 저는 이 세계를 다양한 이야기들을 통해 감각하고 있는 것 같아요. 희망찬 이야기를 들으면 세상이 살 만한 곳으로 보이고, 비극적인 이야기를 들으면 곧 종말이 올지도 모른다는 염세적인 생각에 빠져요. 우리 모두는 누군가의 이야기를 통해 세상을 바라보는 건지도 모르겠어요. 만일 사랑하는 사람이 오늘부터 이야기를 하지 않겠다고 선언한다면 우리는 고개를 끄덕이며 그러시오,라고 말하는 대신 상대에게 즉시 물을 거예요. 무슨 일이 있었는지 얘기해달라고요. 이야기를 하는 사람은 상대에게 자신이 감각한 세계를 전달하려는 의지를 갖고 있는 것이고, 그건 자신의 세계에 동참해주길 바라는 요청과도 같을 거예요. 그것이 소통이라고 생각해요. 이야기는 우리가 무의식중에 찾은 가장 효과적인 소통 방식 같아요. 그래서 소설 속에 이야기들을 배치하는 방식은 우리가 타인을 비롯해 이 세상과 소통하는 방식을 증폭시켜놓은 것과 비슷하단 생각이 들어요.

수록 작품 발표 지면

전조등 『현대문학』 2022년 4월호

오후만 있던 일요일 『문학들』 2022년 여름호

발 없는 새 떨어뜨리기 『릿터』 2022년 4/5월호